VERLAG ANTJE
KUNSTMANN

Willy Astor
Schelmpflicht

Wortspiel ist Reinmeingebiet

Verlag Antje Kunstmann

Umschlaggestaltung: Harald Graf, Amberg
Bildbearbeitung: Harald Graf, Amberg
Satz: Schuster & Junge & hp werbeagentur, Amberg
Druck und Bindung: Pustet, Regensburg
ISBN 978-3-88897-780-0

Wer wird denn unterm Rollkragen Groll tragen?!

Für Deeny, Lenny & Fly

PLUS ULTRA
WEITER
UND DARUEBER HINAUS

Zirkus Linguilly

Herrrrreinspaziert meine Damen
und Herren!
Nur hier drehn sich die Worte im Kreise
zur Schelmei
Sie ringen Ihrem Komprendorium
artistische Feuchtübungen ab.
Werden Sie persönlich Zeuge
wie Ihr eigenes Hirn aus den Fugen gerät
ob solch virtuoser
Ambiguität!
Hören Sie selbst wie Ihr Herz jubiliert
in ganz und gar verhexten Texten!
Gebannt erleben
was sich verwegen abgefeimt reimt.
Schafft es das Wort?
Schnell muss man's erhaschen,
sonst ist es fort,
vom Heureka zum Edeka!

Hei, wie die Logik sich biegt und windet
Konfusion? Allusion?
Nur h i e r steht der -ismus mit »dada« in
der Bütt.
Hoch schwingen die Silben ohne Netz und
doppelten Boden! Trommelwirbel!
Konsonanten und Vokale vorm salto mortale!
A p p l a u s , A p p l a u s !
Die Spannung steigt:
werden die Zungen letztendlich doch
brechen? Sensationell!
Das gibt's nur einmal:
ein R rollt rollig über ein doppeltes T!
Das m u s s man gesehen haben!
Das kommt nie wieder!
H e r r r r r e i n s p a z i e r t Damen! Servus die
Herrn!
Noch ist das letzte Wort nicht gebrochen!
Begegnen Sie atemlos
Ihrer e i g e n e n Maulaffenfeilheit!

Gerhard Polt

Ladies &
Entelman

Wellkamm!

Mit Adam und Efeu hat alles begonien

Wenn es auf der Welt nur noch eine einzige Blume gäbe, jetzt nur mal anemonen, dann wäre das bestimmt so eine Art Rose. Ich mein, wenn es so weit käme, können wir uns alle einpetunien.

Wenn die Blumen verduften, blüht uns was.

Jetzt werden Sie sagen, was sind denn das jetzt wieder für Chrysenthemen, mit was philo denn drohn? Keine Panik auf der Botanik! Ich bin hier der Forsytiender und begrüße alle Leser und jetzt natürlich auch Ole andern.

Ich holunder meinem Schreibtisch öfter mein Diblum heraus, denn ich liebe Blumen!

Am liebsten mag ich die Calla. Ich habe schon oft zu Geburtstagen eine mitgerberacht.

I love Calla. Calla a love – aber ich mag a Riten.

Es gibt nichts Schöneres, als eine Blumenwiese – hier 'ne Blume, dotter Blume.

Wenn Blumen zu lange aufbleiben, dann gähn'se

und es gibt auch welche, die man essen kann. Schmecken aber eher flau, komplett abraten möchte ich von englischen Blumen, die schmecken sogar noch flower. Wobei es da ein gutes Rezept gibt von Jamie Oliver, der kauft ja seine Blumen im Londoner Blumenladen von Boris Becker!

Der Boris hat einen guten Spruch für seine Floralienhandlung:

Schöne Blumen, frisches Laub
kauft man ein bei Samen Raub.

Ich stehe ja jeden Morgen meistens mit dem rechten Fuß auf. Heute hab ich meinen Tag aber anders begonien, weil ich mir vorgestellt hab, wie das wäre, wenn ich heute früh links anfang.

Der Frühlingsanfang ist was Schönes, hokus krokus, in den Winter gibt es kein Zurück mehr – rien ne va blüh. Januar, Februar, März, April – vergiss Mai nicht, die Bäume bekommen ihr Kleid, bis auf einen, der kriegt Hosen, der Buxbaum.

Ich weiß ja nicht, ob meine Pointen hyazünden, dafür gebe ich hier keine Geranientie, aber immer wenn ich an den Frühling denke, könnte ich glatt johlen.

Der Lenz ist der Mercedes unter den Jahreszeiten. Zeit zu verreisen, z.B. nach Pollen … Auf diesen Vorschlag reagieren manche allergisch. Oder kennen Sie Dahlien?

Der Frühling macht mich naturbreit, meine Hormone haben Gesellschafterversammlung und es kommt stündlich zu einer Ausschüttung, hey, ich steh voll im Saft und von dem Saft, da trink ich im März n' Becher. Und wie die Erde riecht – humusexuell.

Schaun Sie sich die Verliebten an, wiese spazieren gehen, und ich könnt die ganze Zeit was aushecken. Thuja auch.

Warum denn nicht einer hübschen Frau in der U-Bahn spontan zeigen, dass man sie gern hat und sie morgens um halb sieben im Mittelgang mutig ansprechen: »Oh, schau mir in die Iris, du scharfer Hahnenfuß, lass uns die Lavendeltreppe der Liebe besteigen, du efeublättrige Gundelrebe, lass mich der Aronstab in deinem Goldmund sein, deine

Kelchborsten bürsten und die Fruchtkapsel deiner Ranunkel aufsprengen! Zeig mir dein Buschwindröschen … und wenn du willst, treffen wir uns in zehn Minuten oben bam Bus.«

Es sind ja auch schon Blumen nach Prominenten benannt worden, wie zum Beispiel nach Michael Jackson, wahrscheinlich weil er noch vor seinen Umbaumaßnahmen Löckchen hatte – früher hatte der Mike Löckchen.

Und als Abschlusstipp: Wenn Sie nachts kein Auge zu tun, stellen Sie sich Schlafmohn ans Bett, da weißt du, was du hasch.

PS: der Wikingergott Odin hat seiner Frau nach jeder Reise ein Büschel Raps mitgebracht – sie freute sich: »Oh, bringst du mir schon wieder Raps Odin!«

Es war einmal ein Zirkus-Schwein
namens JUANITA
das konnt im Handstand Blumen giessen
„La Piesler Bonita“!

Sechszylinder

Ein Inder hat oft Sex als Ziel
das ist lang schon erwiesen
trotzdem wolln sie immer noch mehr
Sexzielinder gießen

Als die Telefone noch Schwänze hatten

Der Traum eines jeden Musikers ist ja die Hoffnung, in seinem Leben ein paar Hits zu landen.

Ich selbst hatte ja auch schon, also im Sommer hab ich immer eine wahnsinnige Hitz.

Meine Hits hatte ich immer schon auf Kassetten aufgenommen und die dann an Plattenfirmen geschickt, welche antworteten: »Super, bitte rufen Sie uns nicht mehr an.«

Ich hab überall Kassetten hingeschickt.

Kassetten, das ist ja heute old fashioned. So was von old school und dagewesen, nennen Sie mich ruhig ewiggestrig, nostalgisch, aber es hatte jedoch was Befriedigendes, ein Format, welches die jungen Leute von heute kaum mehr kennen.

Zwischen mir und der Kassette war eine Beziehung, ich nenne es das Band der Freundschaft.

Jedoch fangen jetzt sicher manche Augen an zu glitzern, wenn sie daran denken, wie sie damals eine frische Chromdioxid-Kassette entfolierten, um sie dann dem hungrigen Kassettenschacht zuzuführen.

Aber vorher wurde der rechte Zeigefinger in das kleine Loch gesteckt, um nach circa sechsmaliger Drehung des Plastikzahnrades den schwarzen Kassettenbandwurm herauszulocken, damit bei der Aufnahme auch ja das Intro von Hotel California nicht angeschnitten war.

Dann das Procedere des Recordings: Pausentaste drücken, dann Record- und Playtaste gleichzeitig runter, Pausentaste lösen – aaaah!

Los ging's. Riskant: Radiosendungen, die z.B. Thomas Gottschalk moderierte, wie Pop nach 8. Nicht selten hat er irgendwie ins Gitarrensolo reingequatscht – dann war die Kassette quasi für die Katz, und alles begann von vorn.

Damals hat man sich aber auch wirklich noch mehr Mühe gegeben, es hat oft vier, fünf Stunden gedauert, bis eine Kassette mit individuell zusammengestellten Hits fertig war zur Verschenkung an einen besonderen Menschen. Ich habe gute

Mixkassetten aufgenommen zum Verschenken, einen bunten Blumenstrauß beliebter Melodien, beginnend mit »Highwaystar« von Die Pörpel, danach »Ja, mir san mit'm Radl da« von den Lustigen Moosachern, gefolgt von »Spanish Eyes« oder »Black Betty« von Ram Jam.

Damals bin ich mit meinen Eltern zusammen aufgewachsen, es war eine Zeit, in der die Welt noch nicht so weit entwickelt war. Eine epochale Epoche, in der Telefone noch Schwänze hatten welche in Wände hinein verschwanden.

Es gab ja auch nicht mal eine reale Zukunft, was daran lag, dass die Erde noch eine Scheibe war. Mein Kinderwagen hatte noch viereckige Räder aus Stein, meine Schulzeit war die Kreidezeit, als Süßigkeiten gab es Baumrinde zum Lutschen – man hatte noch ein Harz für Kinder.

Auf dem Schulhof gab es noch keine Designerdrogen, als Pausenbrot begnügte ich mich mit einer braunen Apfelspalte und aß Butterbrot aus dem Cellophanpapier heraus, was ich monatelang noch als Hausaufgabenheft nutzen musste.

Ich habe meinen Eltern sehr viel Arbeit abgenommen und auch vieles gern gemacht.

Die meisten Zeugnisse hab ich selber unterschrieben, weil ich dachte, meine Eltern sind so unmusikalisch, die können keine Noten lesen.

Am besten war ich in der 4. Klasse, gut, da war ich auch schon achtzehn, aber dafür hab ich dann über das Zapf-Institut an der Aral-Tankstelle in den 80ern noch meinen Kanister gemacht.

Mein Vater, das war unser Vorbild, da er auf Harvard war – das weiß ich sicher, weil die Mama in der Früh immer geschrien hat: »Jetzt steh auf und geh endlich in die Harvard!«

Man war bescheiden, aber glücklich. Mein Vater saß oft im VW-Käfer wie Cowboy Jim mit'm Lasso – dabei hat er nur das Schiebedach aufgemacht. Urlaub gab's nur einmal im Jahr in Kroatien, da waren wir oft in Pula oder Porec und haben Pfirsiche gegessen, die so groß wie Kindsköpfe waren. Ein echtes Sommergefühl.

Und Fernsehen!?

Es gab ja nur drei Programme, und die sind alle

erst um drei Uhr nachmittag losgegangen mit dem Seniorenmagazin »Mosaik«. Aus Verzweiflung haben wir uns auch das reingezogen – bis speziell etwas für uns Kinder kam, z.B. »Robi, Tobi und das Fliewatüüt«. Das Fliewatüüt war ein Hubschrauber, der anstatt mit Benzin mit Himbeersaft von Tante Paula fliegt.

Wenn Ferien waren, hat uns meine Mama bei schlechtem Wetter am Vormittag zum Bügeln drei Stunden vor das Testbild gesetzt, aber da waren wir zufrieden und haben es oft sogar abgemalt.

Ich kann mich gut an den Erfinder von dem Testbild erinnern, das war der berühmte Roy Wendelstein.

Wenn die Eltern abends aus waren, konnte ich mich am Fernseher auch heimlich weiterbilden mit spannenden Reisedokumentationen wie »Dirndljagd am Kilimandscharo«.

Es war jedenfalls die Zeit der Langsamkeit, zum Muttertag haben wir Kinder uns noch richtig Mühe gegeben, wochenlang vorher am Wegesrand aus dem Boden Kaolin, Quarz und Feldspat ausgegraben und zu Hause dann Porzellanteller gebrannt.

War ja auch kein Geld da, wir haben so wenig Geld gehabt: Die Mäuse in unseren Küchenschränken hatten nix zu lachen, die hatten sogar verweinte Augen. Eine Maus, die hatte darum riesige Augenringe und hieß Derrick.

Wir hatten manchmal so wenig Geld, unsere Stubenfliegen hatten dann oft so Mitleid mit uns, flogen zum Nachbarn rüber und haben dort für uns Marmorkuchenbrösel geklaut, damit wir ein bissl was zum Kaffee hatten.

Volkslied zum Selbersingen
Es kalappert die Miele

Es kalappert die Miele am laufenden Band
Klipp Klapp
Klipp Klapp
Was ist in der Trommel, das ist int'ressant
Klipp Klapp
Klipp Klapp
Da ist der Chihuahua, den ich schon lang such
weil Paris Hilton war heut zu Besuch
Klipp Klapp
Klipp Klapp
Klipp Klapp

HUNDPROPAGANDA

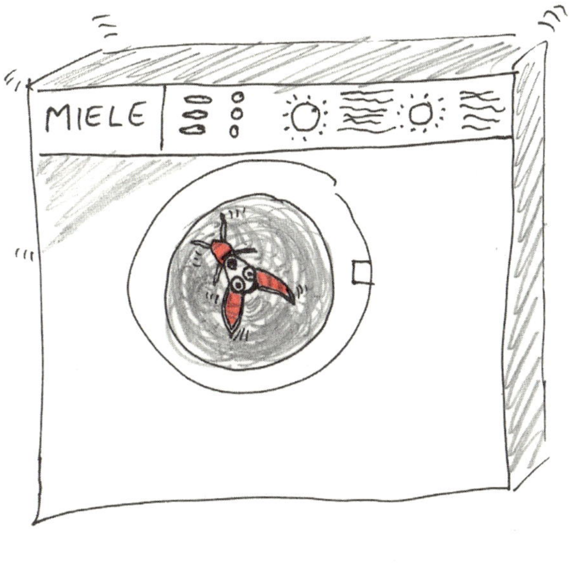

Weiß-Russland

Grau-Bünden

Schwarz-Afrika

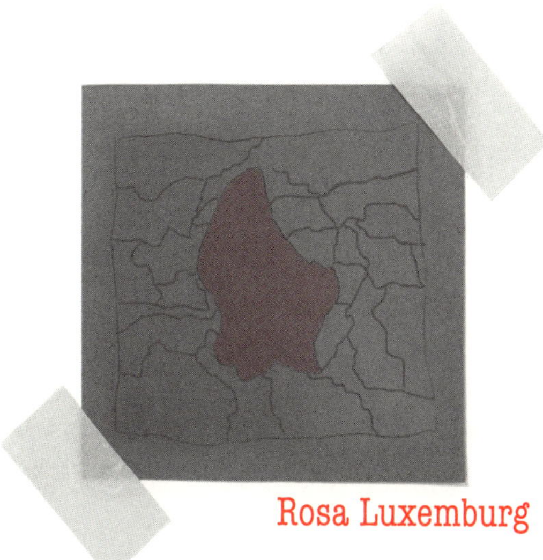

Rosa Luxemburg

Meine Taube Joachim

(Empfehlung: kommt als Home-poetry-slam auch gut, wenn Gäste in der Wohnküche mit Aperitif herumstehn)

Meine Taube heißt Joachim
doch ich nenn sie Jo
klein aber oho fliegt meine Taube Jo
mitm Brief nach
Pa
ler
mo

In Palermo wohnt meine Freundin Grazia
Straziatella
ich schick ja nix mehr mit der Post
Brieftaube Jo is schneller
außerdem spart Taube Jo mir das Briefporto
und muss meine Taube Jo
im Flug mal irgendwann aufs Klo

macht sie die Luke auf
ja und das landet irgendwo

Und wenn meine Katze schnurrt
der Hund schon etwas lauter knurrt
die Fliege um die Lampe surrt
kommt Jo zurück und gurrt
Jo gurrt
Jo gurrt

Taube Jo war weit weit furt
nach Palermo flog Taube Jo
ein' Umweg über Gütersloh
hin und zurück, jojo.
Jo gurrt
Jo gurrt
Jo gurrt mir in mein linkes Ohr
was ich fast nicht glaub
Taube Jo traf in Palermo eine andre Taub
die hört so schlecht sagt Taube Jo
und frisst so gern Cashews
na super, Jo, dann nenn doch deine Freundin

Taube Nuss
Taube Nuss Cashews tau Taube Nuss
tau tau Taube Nuss Cashews Cashews

meine Taube Jo fährt soooooo gerne im Auto
und wenn ich sie nicht anschnall gurrt
meine Taube Jo
meine Taube Jo gurrt
jo gurrt
seit ihrer Geburt
gurrt
meine meine Taube Jo
Endspurrt!

und wenn deine Fliege knurrt
die Katze an der Leine zurrt
der Hund an deiner Angel schnurrt
kommt Jo zurück und gurrt
und sitzt du mal auf dem Balkong
und landet was in der Boulliong
dann weißt du irgendwo
fliegt meine Taube Jo!

Scherbender Schwan

Wasser hat zwei Oh

Der Mensch ist einfach
kompliziert
er ist so konstruiert
dass er nur funktioniert
wenn er kapiert
dass er zum Überleben Wasser braucht
weil ihn sonst die Sonne in der Pfeife raucht
denn keiner will wissen wasser is
wenn mit Wasser Ebbe is,
ausgezehrt, ausgeleert,
darum hat Wasser für mich auch 'n hohen
Wellenwert
denn die Art und Weise wie es meine Zellen
nährt
macht es begehrt und erklärt

Warum wir alle die hier sind aus'm Wasser
kommen
allein mein Seepferdchen
hab ich in Wasser eingeschwommen

dafür 'ne Urkunde bekommen
die steht in der Vitrine
darum wollten sie mich auch in der Marine
denn ich schwimm wie 'n Torpedo von hier
nach Toledo
wie 'n Wassermann obwohl ich Jungfrau bin
was is in Wasser drin
dass wir es so brauchen
steht jemand auf der Leitung
würde uns das schlauchen
wärn zu nix mehr zu gebrauchen
weder schwimmen noch tauchen
ohne Wasser keine Nixe, kein Drink, kein
Gemixe,
was wäre unser Leben in der Sommerschwüle
ohne Wassermoleküle
wenn im Juli auf den heißen Asphalt
ein cooler Regen niederknallt
dieser Duft in der Luft lässt mich im Wasser
lachen,
lass die Pfützen spritzen,
die Manieren schwitzen,

singe zweimal O
die Leute schaun so
und wolln wissen wasser hat
Wasser hat 2 O

Wasser hat wie Gigolo
2 O
Wasser hat 2 O
so wie inkognito oder fortissimo
oder Chateau Margeau
ach so das klingt nur so!
als hätt Schatoh Margoh zwo von ’nem O
in Wahrheit is nur die Aussprache so
der Franzose sagt zu Wasser eau
eau de vie!
oder wie?

ich hangel hier knapp anna Themaverfehlung
daher meine Empfehlung
denn es is ja so, irgendwo
es geht’s hier ums Lebenselexier
um die Basis von Mensch und Tier, denn wir

müssen 16000 Liter Wasser generiern
um ein Kilo Rindfleisch zu produziern
so was geht an die Niern
16000 Liter
is bitter

hörst du das
Wasser plätschern
es kommt von den Gletschern
die sind so nah am Wasser gebaut
haben sich aufgestaut
ihr Anblick haut
mich um
riesengroß und krumm
und wir fahrn auf ihnen rum
und während wir hinunterzischen
stehen seine Brüder an der Pol position
schon bei ihrem Anblick
komme ich ins Schwärmen
wir sollten uns mehr für die Gletscher erwärmen
oder nein, besser nicht!
war nur 'ne Metapher,

denn wenn wir sie erwärmen
werden Gletscher schlaffer,
im Zeitraffer schaun wir zu wie Gaffer
nicht mehr lang haben wir noch Zeit zum
Üben,
so zu tun als könnten wir kein Wässerchen
trüben,
denn wir müssen Wasser konserviern
unser Hirn einschalten
Wasser halten
dass wir nicht dehydrieren, denn es is so:
ohne Water gibts'n Water-loo

Wasser läuft langsam oder schnell
Wasser is'n ewiges Auslaufmodell
wenn wir keins mehr haben, wird schnell
'n Krug zum Brunnen gehn,
als Trockengewicht
doch der Brunnen wird sagen:
Wasser? hab ich nicht
und wir fallen mit dem Krug
und holen uns Beulen

und wir können nur noch Rotz
ohne Wasser heulen

was hat Wasser
Wasser ist nasser
als tausend sassa
krasser gesacht:
Wasser.
hat die Macht.

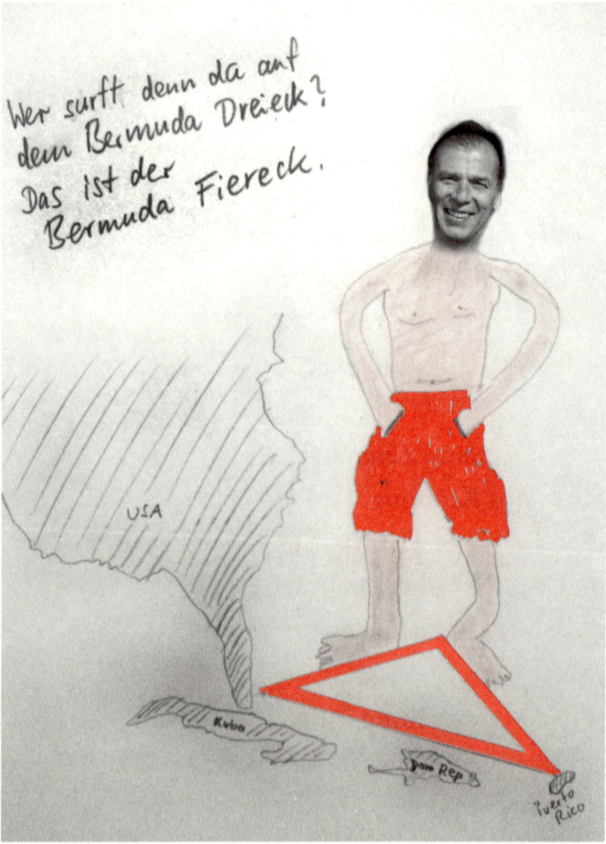
Wer surft denn da auf
dem Bermuda Dreieck?
Das ist der
Bermuda Fiereck.
USA
Kuba
Dom Rep
Puerto
Rico

Es war Jacobs Krönung

Servus, Gohn mein Name. Karl Gohn. Meine Geschichte ist im Grundig genommen chanel erzählt, und ich hoffe, dass ich mich dabei nicht verhakle.

Aber jetzt maggi fix erzählen…

Ich war neulich eingeladen, und vanish mich recht erinnere, war es kein Geburtstag, kein Namenstag.

Es war eine Zeremonie.

Jacobs Krönung.

Mit dabei: Opa und Omo, Tante und Onko, und ich war sehr ferreroh, dass ich pünktlich war, deichmanchmal länger schlafe und dann verpenny.

So eine Krönung ist teuer, so was leistet sich ein Arma nie. Die Feier fanta statt am Lego maggiore.

Wie finden Sie die Pointen bis jetzt?

Gefallensina?

Weißt, im Grunde isses milupa, Sie sind ehrlich.

Und scho getten die Geschichte weiter…

Wenn ich dura zell, wasa ich da erlebt hab.

Hanuta Lust drauf?

Es war nicht im Januar, Februar oder März.

Es war Pril.

Ich machte etwas Musik, und zur Krönung brachte ich meine Gitarre seba med – ich trällerte sogar ein hohes C und spielte den Gästen aldi Lidl.

Und aldi Lidl, die wir zusamsung, sind mittlerweile Toppits.

Und obwohl es Jacobs Krönung war, gab's keinen Kaffee.

Es tranken ale Te.

Im großen Saal traf ich Amanda, sie hatte einen hübschen Ring in dior. »Was machst denn du in dem Saal amander!?« Ich dachte mir, ihre Arme senso dyne, aber Models sind ja ovomal düne.

Auf dem Weg zum Buffet begegnete ich Melitta, die mir voll gegen meine Palmo lief.

»Oh hab ich dir wehgetan?«

»Ach«, sagte ich, »minimal – abgesehen davon, dass dein Stöckelschuh auf meinem großen Ze wa.«

Sie war ein hübsches Mattel, aber vor allen Dingen hatte Melitta viel ter Titten.

»Entschuldige, wenn ich so direkt bin, Melitta, aber falls du dich in mich philips, schenkst du mir dann einen Sohn!?«

»Was?«, sagte sie. »Ich wilkin Sohn!«

»Sag ich ja, wie wär's dann mit acht Söhnen!?«

Sagte sie: »Wieso acht?«

»Na, weil's doch viel schöner ist, wemma zu zentis!? Und eins weiß ich suchard: Am liebsten würd ich mit dir schon morgen in die Berge abhaun – fährst du gucci? Dann könnt ich dich auf einer Alm dudln. Wär das auch in daim Sinne!? Zur Hochzeit machma alles notariell, damit alles fixies, und ich biete deinem Vater für dich ein Camel, ja!? Aber wenn ich ehrlich bin, würd ich dich am liebsten sofort auf einer Alm dudln.«

»Hey«, sagte sie, »das görtz sich ned!«

»Melitta, überleg's dir bitte!«

»Okay, du darfst. Gib mir nur ein biskin Zeit

und ich warne dich, ich hab am Bauchnabel ein Piercing!«

»Ach«, sagte ich, »das is ja gar nix – ich hab am After eight! Außerdem streich ich mir manchmal meinen Sack rot an.«

Sie war wunderschön, ihre Haut: vileda.

Und ich sagte ihr, dass für eine Hochzeit die Ringe schon b'reit ling, aber sie sagte, ich muss vorher noch eine Aufgabe lösen: Wieviel ist acht mal vier? Also in Mathe, da benetton ned so gut, und ich sagte: 31.

Okay, es war ein knoppers Ergebnis, aber sie ließ es gelten.

Das machte mich frohlic, und so beritten wir dann am nächsten Tag mit meinem Hengst 'n Berg. Auf einer Lichtung stand ein Reebock.

Ich wollte ihn erlegen, aber Melitta meinte: »Stop! Du tust ja dem Reh weh!«, und gab dem Tier einen Kakaodrink – jetzt war es ein Kaba-reh. Und ich dachte: Wie adi das geschafft?

Wir warn noch nicht lang unt'wix, als ein weißer Riese sich uns in den Weg stellte.

Ich wusste, jetzt droht AG-FA, und der Monn cherie: »Schauma! Joop eine Pistole!

»Na und«, sagte ich, »Joop in meiner dash drei! Nur domestos weißt !«

Woul wörs ein leichtes gewesen, die Polizei zu rufen, damit der Ganove hinter Schloss und Wrigleys kommt, aber manchmal ist es basser mann löst so was durch Duplomatie:

»Schleich dich in dein Iglo, Käptn, aber pronto, sonst werd ich zornig, und glaube mir: Ich ken wood! Gleich schmeiß ich meinen Pumarang – und wenn dich der trifft, natreen sich die Sternchen, dein Kopf tat dir nie vea!«

Eigentlich war an dieser Stelle ein lustiger Schluss vorgesehn, und wahrscheinlich warten Sie schon auf einen echten Barilla, aber mir fiel keiner ein. Okay, danone.

Backe backe terien

Backe backe terien
die Sauberkeit hat Ferien
lasst uns heute schmutzig machen
in den guten Anziehsachen

wälzen im Staub
wühlen im Laub
Mutti schimpft
doch wir sind taub

halten uns die Ohren zu
heute sind wir frech juhu
ich hör nix ich hör nix
graben tief in Sand hinein
Spucke macht ihn schön zu Schleim
springe in die Matschepatsche
einmal plitsche einmal platsche

Fingernägel die sind schwarz
in den Haaren klebt das Harz
wir baden heut im Dreck
und du bist weg

weg bist du noch lange nicht
zeig mir erst dein Schmutzgesicht!
ui da klebt die Kruste
lasse nur die musste

einfach bisschen trocknen lassen
schneiden gruslige Grimassen
und in allen Rillen
kleben die Bazillen
ui die Alten rollen an
wolln uns in der Wanne ham
links die Muddi rechts die Tante
nochmal in die Matschepampe
das Kostüm voll angespritzt
und dann schnell davongeflitzt

nein wir wolln noch nicht nach Haus

was läuft aus der Nase raus
tropft mir auf die Socke
Rotzerotzeglocke
schau mal wie sie taumelt
überm Abgrund baumelt
hin und her
her und hin
ui der Faden der ist dünn
was für eine Sauerei
so ne schlimme Schleimerei
schau mal meine lange Schnur
wie bei Omas Pendeluhr
komm zieh hoch die Rotze
hörst du das Gemotze

komm jetzt heim und lass das sein
pfui du siehst ja aus wie ein Schwein
ach is schön mal rumzusaun
richtig auf die Kacke haun
ja das mag ich wirklich sehr

wenn ich nicht schon fünfzig wär

Beagle - Eisen

G M
Der GmBH
IROKÄSE

BUCKELWAHL

V-LENZER

Beckham-bauer und Trapper-Toni

Es war einmal ein Bauer, das war der Vater des englischen Nationalspielers David Beckham, darum nannten sie ihn auch alle den Beckhambauer.

Der Beckhambauer wohnte in einer einsamen Herberger oben auf dem Effenberg, auf dessen Hoeness windig ist…

Im Winter fuhr er Ski, Langlaufski und Podolski.

Das einzige Haus in der Nähe lag elf Meter im Abseits und gehörte einem kalifornischen Fensterputzer namens Klinsman.

Früher hatte der Beckhambauer da so ein Berti, und als er es wegrasierte einen Calmund.

Gerade stand der Beckhambauer völler Elan in seiner Küche vor dem Hitzfeld und kochte mit dem Bratseth … Da kam der Anton vorbei, ein italienischer Fallensteller, der sogenannte Trapper-Toni.

Der Trapper-Toni liebt die Natur und wird nur sauer, weil er sich oft über die Menschen und ihren Müll ärgert. (müllergerd. [selber ned gespannt])

»Du saschamal«, fragt der Beckhambauer den Trapper-Toni, »wie is'n das jetzt, wenn ein Hirsch in deine Falle steigt, kippt der dann nach hinten um?«

»Nein«, sagt der Trapper-Toni, »vorfelder. Aber letzte Woche hab drei junge Hirschen von einem Baum runtergeballackt. Das war vielleicht ein Rehhagel. Aber saschamal, Beckhambauer, du bist vielleicht ein wilder Kaiser!?«

»Ja gut, sicherlich, ich frag mich auch, wie so was passieren Kahn. Sie hieß Kirsten … Ich hatte sie schon lange im Auge, eines Tags pfeift sie mich zu sich. Hey Chef, Lust auf'n Freistoß!? Und da erinnerte ich mich, dass ich ja früher mal Manndecker war, und irgendwann muss es passiert sein, mitten in der Beingrätsche, als sie schreit: Hertha! Okay, hab ich mir gedacht, die ist reif, komm ich halt über die Mitte, mach ma an Schweinsteiger … Vier Wochen später ruft's mich an, sie müsste etwas mit mir in Hrubeschprechen, sie schenkt mir nämlich in neun Monaten eine kleine Lichtgestalt. Sag ich: Wieso, ist denn scho Weihnachten!?«

»Was?«, sagt der Trapper-Toni. »Du hast doch schon lodda Kinder. Bist du deswegen so dünn geworden? Du hast ja Magathsucht, stehst da wie auf zwei Hölzenbein, das war zumindest das, was ich sforza.«

»Ah«, sagt der Beckhambauer, »ich hab mich auch so aufgeregt, weil gestern so ein Schweizer Tourist, so ein Basler, einfach über meine Ku four. Oh! Verrat! Soll ich uns von der Kuh ein Stück warm machen oder isst du sie libero?«

»Ja«, sagt der Trapper-Toni, mach uns ein schönes Rib-eck. Und was zu trinken, am besten was Kaltz.«

Fragt der Beckhambauer: »Magst'n Kohler?«

»Nein«, sagt der Trapper-Toni, »weißt du, dass ich eher auf ein Bier hofff!? Einen halben Litti…«

Plötzlich, die Tür geht auf und Herbert Grönemeyer kommt herein und fängt ohne Aufforderung zu singen an: »Der Deutschen Mannschaft fehlt im Mittelfeld, ’n echter Typ, ’n echter Held?«

»Was scholl das!?«, sagt der Trapper-Toni. »Sorry Herbert, aber das ist ein Wortspiel für Fußballer, und du bist Sänger!«

»Oh tschuldigung«, sagt der Grönemeyer, »ich hab halt gedacht, das würd vielleicht passen.«

Die Tür geht nochmal auf, und Thomas Hässler kommt herrahn, strunzbesoffen, völlig breitner und total nackt.

»Mensch«, sagt der Trapper-Toni, »was hast’n du da unten fürn Stiel, Icke?«

»Ich weiß, schaut blöd aus, aber ich hab mein Jancker verlorn. Aber du schaust ja netzer gut aus, jetzt bleib erst amal du libu da.«

Der Beckhambauer kochte ein Rezept von der Tante Käthe, es rauchte im ganzen Zimmer, doch die Türen blieben geschlossen und die Fenster lizarazu … Elber schuld.

So, das seppmaier jetzt auch, ich hoffe, Sie haben auf die Schnellinger alles verstanden, wenn nicht, dann haben Sie was asamoah. Und wenn Sie mich jetzt noch fragen, was ist das Geheimnis von wortspielen, nun, das poldti für mich.

Ich habe fertig.

Haarfestiger

Ein Tiger aus Bengalen
kämmte sich sein Haar
weil er gegen Abend
auf ein Fest geladen war

Sein Tigerhaar war zauberschön
und auf dem Fest beliebt
und jeder sagte:
gut, das es den Haarfest-Tiger gibt

Park des Schreckens

Willkommen, liebe Freunde, zu einer Rundfahrt im Erlebnispark des Schreckens, mein Name ist Rieger-Schitz, oder einfach Attila, oder noch besser Attila Rieger-Schitz.

Falls Sie auf unserm Rundgang erschrecken sollten, machen Sie sich locker, ich sag immer, be locker, sonst lockerbie, ha!

Gleich zu Anfang sehn Sie da drüben den Mo mit der Kapuze drauf, das is der Guantana-Mo. Der Guantana-Mo wird heute gespielt vom Abu Graibinger, schau ma mal obama winkt. Abu! Winkamal!

Hmpfahmpfahmpf.

Ja, dieses unverständliche Stammeln, das kommt vom Mundknebel, aber der Abu wollt sagen, ohne mein Alltour sag ich nix.

Kann sein, dass er hinterher a bissl Kopfweh hat, aber dann kriegt er ein Foltaren. Wenn Sie wollen, können Sie später am Ausgang für fünf Euro extra dem Abu über seine Fußfesseln drüberbieseln.

Aber jetzt links, Sie sehn die Bühne, da spielt jede Stunde eine andere Band, jeden Moment geht's los mit Peter Maffay zusammen mit Peter Krauss, besser bekannt als Krauss/Maffei, und schaun Sie, da kommens grad. Hey Peter, sancho Panzer da?

Danach kommen die Zillertaler Abfangjäger mitm Hansi Hinterlader, besser bekannt als der Rohrkrepierer mit der Stalinorgel und seinem Karadžić-Medley: Serben bringen Glück und natürlich mit seinem großen Fronterfolg: Im Graben vor mir steht ein kleines Mädchen, rata rata, rata rata rat.

So, da ist unser Ronald-McDonald-Rumsfeld-Kinderland, da können Ihre Kleinen in der Werkstatt schon mal kleinere Leben auslöschen: Würmer zerschneiden, Frösche aufblasen, Haxen ausreißen von Kleininsekten. Wir basteln mit Ihren Lieben schon kleinere Schmerzartikel, es gibt die schönsten Krisen der Menschheit als Painini-Bilder zum Tauschen, vom Kreuzzug bis zum Sechstagekrieg, die spannendsten Gemetzel bis zum Krieg der Königshäuser und ihren Royal-Taten.

Ein Stockwerk höher für die Jugendlichen ab vierzehn ist unsere Columbine Blei School: Gestalte deinen eigenen Amoklauf oder tritt selber auf eine Mine. Falls da jemand von euch einen Helm will, ich sag euch gleich: Das bringt nix, weil des ist ja keine Wilhelm-Mine, ha, ein kleiner Gag.

Auf diesem Hügel, sei noch erwähnt, ist eine Seilbahn, die führt in ein kleines Tal, drum nennen wir das die Talibahn, fahrn's da ruhig mal runter, besuchen Sie eine Weihnachtsfeier von der Al Qaida, dieser Besuch ist extra gebührenpflichtig – Motto: Kosten vor Anschlag!

Werden Sie Mitglied in einer Terrorzelle, treffen Sie den Haushenker von der Telekom, den Timo Beil.

So, ich hoff, ich hab Sie ein bissl aufrüsten können, besuchen Sie am Ausgang bitte noch unseren

Outlet-Store von Heckler & Koch auf eine Pump Gun. Oder wie wärs mit ein Foto in unserm Gruselkabinett, frisch geöffnet saddam halben jahr, unser Gewinnspiel nicht vergessen, beantworten Sie die grausamsten Fragen zum Weltgeschehen und Sie erhalten eine attraktive Abfragprämie!

Falls Sie sich verlieren, der Meetingpoint befindet sich in der Waffenlobby.

Danke für Ihr Interesse an mörderischen Konflikten, die nix bringen außer Milliarden in den Haushalt, es könnte sein, dass Sie heute Nacht schlecht schlafen und morgen früh alt ausschaun, macht nix, schaun Sie in den Spiegel und sagen Sie zu sich: grau sammer.

Ich wünsch Ihnen jetzt viel Spaß auf ihrer Tour und noch einen frohn Leichnam. Ciaocescu!

JANUAR
FEBRUAR
APRIL
MAI
JUNI
JULI
AUGUST
SEPTEMBER
OKTOBER
NOVEMBER
DEZEMBER
„INDIANER KENNT KEIN MÄRZ"

Pubatier in da House

Ich bin nicht dafür geborn sauberzumachen
da kann ich nur lachen –
ich schmeiss meine Sachen
fett unters Bett,
das is das Beste,
gammelige Socken und Pizzareste

bei mir siehst aus wie Sau,
aber ich will mich nicht bücken
is auch nicht so schlimm
ich seh noch paar Lücken
meine Alten machen Stress,
ich frag mich warum
bei mir kannst du vom Boden essen,
soviel liegt rum

ich bin ein Streufelderzeuger
im Schlampodrom

heiliger Schlendrian sei mein Schmutzpatron
es dauert nich mehr lang,
nur noch paar mal pennen
dann werd'n sie eine Staubschicht
nach mir benenn'

ich bleib geschmeidig,
lass mich nicht stressen
ich hab die Weisheit
mit großen Löffeln gefressen
mir gefällts in meiner Welt
ich bin der Held vom Erdbeerfeld

das Leben ist schön
in meiner Rumpelkammer
Vollpension im Hotel Mama
drum stör mich nicht, wenn ich chill
für mich ist Wischen impossible

manchmal schieß ich Pickel-Igel
auf den Badezimmerspiegel
ich komm später ganz groß raus

Pubatier inda house
und zieht vielleicht auch nie mehr aus

will unterm Kopfhörer grooven
bin zu Höherem berufen
und die Götter, die mich schufen
rufen mir zu
du bist der Erste, dem weltweit im Liegen
gebratene Tauben in Mund reinfliegen

ich spiel Konsole und scheiß auf Mathe
bald steht'n Oscarregisseur
vor meiner Hängematte
er will 'n Spielfilm übern Faultier machen
und schmeißt mir Million' in den Rachen

will auf der Couch powern und die bedauern
die über Büchern kauern
und nach Wissen lauern
doch ich chille im Bett und lach mich schlapp
weil ich schon lang mein
Bed-chiller Abschluss hab

Vadda schreit mir Dinge zu
hey du
mach dies mach das
wozu
mir gefällts in meiner Welt
ich bin der Held vom Erdbeerfeld

das Leben ist schön in meiner Rumpelkammer
Vollpension, Hotel Mama
drum stör mich nicht, wenn ich chill
für mich ist Wischen impossible

die Welt muss mein Genie verkraften
wo sind die Mädels, die mich entsaften
ich komm später ganz groß raus
Pubatier inda house

Ordnung ist das halbe Leben,
der andre Teil ist mir gegeben
will nicht auf meim Grabstein lesen
außer Besen nix gewesen

Tee-Nager

Schwalpenschnäpel

zwei schwalpen prausen üpers land
pesoffen pis zum alpenrand
ihr name: pieps und hannipal
schwupps schwepten sie da machtsn knall
weil sie mit dem schwalpenschnapel
prallten an die alpenpappel
peide poltern auf die schnauz
plumps padauz
die moral von ter parapel
pass auf deinen schwalpenschnapel
flieg nicht prall zum alpenkamm
weil perge keinen airpag ham

Achtung, bei diesem Geticht hat sich ein Rech schreifehler eingeschleich.

Erdbeermagerritter

Der Ritter sagt zur Prinzenfee
komm hol mir aus dem Lager
ein paar schöne Erdbeern
aber bitte mager
die Prinzenfee war irritiert
und sagte zu ihrm Ritter:
ok, dann nenn ich dich
von jetzt an Erdbeer-mager-ritter.

Der Weinbergschnecken-Animateur

Im Großen und Ganzen

Im Großen und Ganzen
sind Flöhe und Wanzen
nicht dazu geeignet
auf Höhe zu tanzen

Sie tanzen ganz unten
ganz unten am Boden
und haben dadurch
einen recht kühlen Hoden

Nun sind alle Wanzen
und Flöhe verduftet
zurück bleibt die Lyrik
für euch hingeschuftet

Einer der ersten Tonträger

Schwabb Schwabb di Wuff
die Wab Wabbel di Wau

Selbsthilfegrappa

Mir warn ja im letzten Urlaub auf den Spirituosen, das warn quasi unsere Literwochen.

Wir wohnten direkt on the Rocks, es ist steil nach unten gegangen, mein Lieber du, das war aperitif!

Klamotten hat ich nicht viel dabei gehabt, nur meinen kurzen Bommerlunder. Und eine Cinz ano. Mit dabei war der Jack Daniels, der Jim Beam, Johnny Walker, und drei Kai hatten wir mit dabei: Kai Pirinha und Kai Pflaume und Kai Neahnung. Zwei Tag später Cam Pari.

Wir nannten uns die Selbsthilfegrappa, und in unserem Zimmer gabs nur einen windigen Schrank – das war vielleicht ein Chivas Regal.

Auch die Toilette, ein winziges Klo, ein Pikkolo, wir hatten nicht mal eine Düscher da. Geh ich zum Waschbecken, Chantré ich das Wasser auf, stells auf warm, weil ich vertrag das Freixenet. Und gerade als ich mich rasiern wollt, seh ich unterhalb des Waschbeckens – da liegt ein federweißer Papagei aus Jamaica Rum. Sag ich zu ihm: »Was soll das?« Sagt der Papagei: »Du siehst doch, dass ich BRUT!« Sag ich: »Ja und? Glaubst du wirklich, dass ich jetzt aus Mitleid in meinen Rasierschaum wein!? Beeil dich, weil sonst mach ich aus deinen Eier Likör!«

Dann schau ich ausm Fenster und seh, wie ein Gärtner faul im hohen Grase liegt. Mensch, wieso Metternich?

Ich hab ihn dann geschüttelt, aber er hat sich nicht gerührt. Hat halt wahrscheinlich wieder nix zum Dorn kaat.

Besorgte mir ein paar Zeitungen, extra dry.

Und was les ich da? Große Wasserschäden in mehreren Behörden. Es stellt sich raus, dass immer noch sechs Ämter tropfen.

Dann berichten sie von einem Komponisten, der verfolgt wird: Riesenmenschenmenge jagt mit glühend heißen Feuerzangen Bohlen. Ich machte einen Strandspaziergang … warn nicht viele Leute unterwegs, ein bacardi Näle.

Und wer kommt da um die Eckes?

Die Maria Cron – diesem Charme konnt ich mich nicht enzian.

Ich nahm meinen ganzen Mumm und dachte, schnaps dir, aber brandy ned. Ich hatte Doppelbock. »Grüß Scotch, darf ich mich vorstellen, Röder mein Name.«

»Ich hasse Röder!«

»Ich hätte aber gerne ein Kind von Ihnen!«

»Um Gottes willen, was für ein Kind denn!?«

»Also ich fänd ein Söhnlein brillant!«

»Ah!«, sagt sie. »Wissen Sie, was ich vermouth, Sie sind ein Jägermeister, Männer wie Sie – grand marnier der Frau rum, haben am Ende cointreau und wenn dann einen Kümmerling!«

Der Wind baileys mir ins Gesicht.

»Hey, Sie blöde Henne Sy, dann bleibt halt mein Henkel trocken! Kann ich Sie wenigstens nach Hause bringen?«

»Danke, ich nehme Taxa.«

»Soll ich Ihnen eins rufen?«
»Ja, das fer net, branca schön!«
»Ach, das is bei mir so Ouzo!«
Ich nehms ja immer so, whis kymt.

Ihr Williams

Das Blinde Q

Es war einmal ein blindes Q
das wollt so gerne küssen
Es wurde vonnem U gestützt
und konnt deshalb nur quizen

Quasi immer Quark und Quitten
was das Q sehr quälte
worauf es mit Gitarre sich
mal an den Q-Damm stellte

Dort sang so schön das blinde Q
gestützt vom U, dem Zivi
die Leute sagten:
Blindes Q, du klingst wie Wonder Stevie!

In Afrika, in Afrika

da gibt es
einen See

da muss
ich hin
denn das
ist ja der

Hin
Afrika
See

Hinafrikasee macht meine Mama am besten.
Und Büfflamott.

Baggerdelle

Ein Bagger fährt mit 180 links auf der A4
und haut ner Limosine
seine Schaufel an die Tür.
Die Limo stoppt sofort
und der Chauffeur sah auf der Stelle
den Schaden an der Tür
es war nur eine Bagger-delle

Mit diesem Wortspiel hat meine Liebe, Wörter zu verdrehen begonnen. Der Anlass war der Geburtstag eines Chefs von Philipp Morris. Dies führte in illustrer Runde zu einer starken Beifallsbekundung, so daß ich das Rauchermärchen auch gleich im Kleinkunstmillieu ausprobierte. Übrigens war damals das Rauchen sogar während der Vorstellungen offiziell noch erlaubt … hüstel.

Rauchermärchen

Es einmal vor vielen, vielen Jahren, in einem fernen, fernen Land, man nannte es: Jenseits von ATTIKA.

An einem schönen Sommermorgen beschloss Johannes, ein Meister des Roulettes, seine Freunde durften auch JOHANN PLAYER zu ihm sagen, einen Ausflug in die Wüste zu machen.

Johann Player, ein überaus vornehmer Mann mit einem schwarzen Kraushaar, war eine englische Adelsgröße aus dem Hause KING SIZE, so eine Art LORD. An diesem Morgen war der

LORD EXTRA früh aufgestanden, sattelte sein Lastentier und ritt los. Er war schon zwei Stunden unterwegs, da passierte es:

Weil es ihm zu langsam ging, peitschte er auf sein Lastentier ein und verlangte: MERRITT! Und plötzlich: Sein CAMEL FIL TER-maßen über einen Stein und stolperte mit dem Lord in hohen Bogen in den glühenden STUYVESANT. Das Kamel war so erschöpft und zu keinem weiteren Schritt mehr imstande, hatte es doch schon bei der letzten ERNTE 23 Kilo abgenommen. Da half auch kein Raucherpflaster.

Der Lord stand jetzt nicht nur dumm da, er stand DA VI DOFF. Doch er dachte sich: Hilf dir selbst, DUNHILLft dir Gott! Und er machte sich auf dem Weg. Zu seinem Glück dauerte es nicht lange, bis er in einer Oase tauf einen Gaul traf, eine GAUL OASE.

Am großen Erfrischungswasserloch bemerkte er ein wunderschönes Mädchen, Tochter eines dampfenden ROTHÄNDLErs aus JeruSALEM.

Sofort verliebte er sich in sie und sagte: Ich HB

dich lieb. Der Gedanke, die Frau eines Lords zu sein, gefiel ihr. Es war richtig MARLBOROmantisch. Am Anfang wollte sie nur schmusen, aber R6. Er musste lange an sie hinBENSON und HEDGES auch beinah nicht geschafft...

Doch es blieb ihr keine andeREVAL. Und er dachte sich: Was mach ich jetzt wenn mein LUCKY STRIKEd!?

Und so hatten sie bald zwei Kinder, die hörten auf den Namen NIKO und TINA und waren OVERSTOLZ.

Sie gaben sich den Ring der Nebel-Lungen, und eines Tages sagte der Vater zu SAMSON: Halt mich fest, bevor ich kippe.

Alle lebten glücklich bis ans Ende ihrer Tage, und WINDSOR nicht gestorben sind, dann rauchen sie noch heute.

Bayrischer Zweiakter

Personen:
Durscht
Hunger

Erste und letzte Szene:
Wirtshaus zum Winkel,
Wurscht sitzt mit Wurschtsalat am Tisch,
Durscht kommt zur Tür herein und setzt sich dazu.

Es sagt der Durscht zum Hunger:
»Ich hob heid no nix drunga«
Dann sagt der Hunger zum Durscht:
»Weißt was, des is mir wurscht.«

Ende.
Marschmusik setzt ein.
Eine Artilleriesalve wird abgefeuert.

Eine Stimme aus dem Jenseits befahl mir gerade, ich solle oben links einen Regenwurm am Bungee-Seil hinmalen.

Dema des Dages: das durstig dämliche Dracula Drio

Datum: Dritter Dritter.
Dänemark döst.
Draußen Dunkelheit.
Detail: Der Durm dengelt deutlich
dreivierteldrei. Dingdong.
Drügerischer Dunst.

Durch die dicken Dünen drang dezentes
Donnern daher.
Dreiunddreißig derbe dänische Dumpfdödel-
dorfdeppen dehnten düchtig den draurigen
Dintenfischen die Dendakel.

Da!
Drei dotal durstige dünne Draculas düsen
dolldreist draufzu!
Durcheinander!
Die Dorfdeppendruppe dürmte drängend
durch dickes Dünendickicht defensiv davon.

Doch durch die Düsternis dümpelte dumpf
dramatisch die Dämmerung.
Dementsprechend deprimiert dachten die
drinkdurstigen Dransylvanen:
Der Dag! Der Dag! Der Dag!
Der Dag drückt dendenziell definitiv deutlich
demnächst drohend daher!
Daher: Dringend die durstigen Draculas
dunkeln!

Dennoch das Desaster.
Das debakulöse Dageslicht draf das durstig
dünne dyrannische Dracula-Drio dotal direkt.

Demnach die Diagnose:
Delirium.
Dann Dod.

Direkt denkbar:
Die deftigen Dandiemen dieses Dramas
deponiert der Dirigent dosiert der Dabaluga
Diftung.

Der Dax sich gern
zum Nest-Eck stellt
und hofft, daß bald
was runterfällt.
Er wartet ab-
das ist schon schlau
denn bald schon
stürzt er ab, der Dow.
Der Dax macht aus dem
Jones dann Bones.

P.S. Und dann Könnte
es auch sein, daß
er noch den
Subventions frißt.

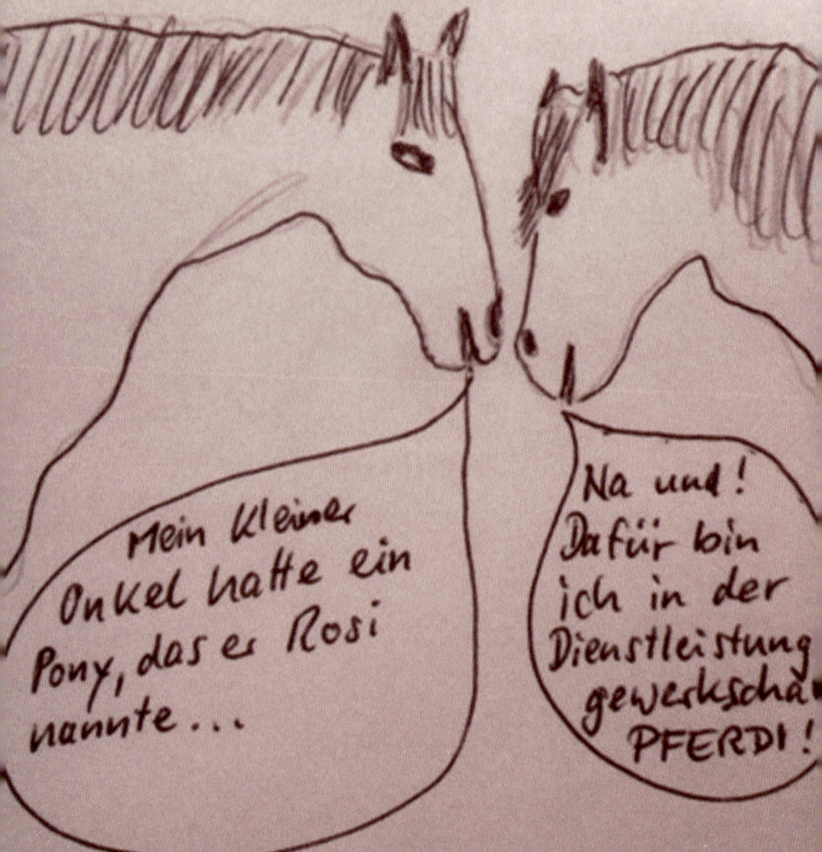
Mein kleiner Onkel hatte ein Pony, das er Rosi nannte...
Na und! Dafür bin ich in der Dienstleistung gewerkscha PFERDI!

New York, Timesquare

I was in New York
and stand mitm beer
Einfach so rum
Um quarter past vier

It was im August
I says free heraus
und rutschte
auf einer Newspaper aus

rutsch rauf und rutsch runter
da kam einer her
and he says:
normal rutscht man auf der Times quer!

Diesen Text bitte nicht nüchtern lesen.

Mein Name ist Arthur

Mein Name ist Arthur. Ich bin Sänger und singe meistens in A-Dur, weil ich bin Mitglied im Deutschen A-Durschutzbund.

Meine neue Single ist auch in A-Dur und handelt von der Hauptstadt Italiens mit dem Titel:

»Rom, A-Dur, oh Rom, A-Dur!
Du stinkst vom Kühlschrank bis in Flur«.

Die Erfinder von A-Dur sind ja bekanntlich A-Dur Schopenhauer zusammen mit Peter Scholl A-Dur.

Ich finde aber auch C-Dur klasse. Ich bin absolut pro C-Dur. Vielleicht singe ich bei meinem nächsten Auftritt auch mit Linda D-Moll.

Wenn Sie von diesem Text jedoch Kopfweh bekommen sollten, empfehle ich Paracet-A-moll.

Date mit Scarlett und so

Eins kann ich Ihnen versichern: Ich war mit ihr in Tokio im Hotel. In Paris hilton sie mich für ihren Vater. Aber eins weiß ich: Scarlett ist nicht Johanns Sohn.

Im Nachhinein würde mich trotzdem lieber bei der Jennifer aniston. Über Jennifer rede ich voll des Lopez. Weil sie so bescheiden mit der Lena auf dem Land ruht. Nur einmal, als ich sie nachts um drei anrief, schrie sie mich an: »Weißt du eigentlich, dass ich sean penn?«

Sag ich: »Ja, ich spears.«

Aber womöglich ist ja auch diese Lady gaga. Obwohl sie mir nicht so bescheuert wie der Charly Sheen. Von allen Dates, die ich hatte, nervten mich am meisten Giselles Bündchen. Den größten Spaß hab ich, wenn ich mit der Jessica alba.

Etwas Pech hatte ich beim Mensch ärgere dich

nicht. Immer wenn ich einen Sechser würfelte, machte Magdalena Neuner.

Vielleicht ruf ich auch eine Verflossene an! Und mach auf return to Senta. Senta ist eine schöne Berger! Aber wahrscheinlich hab ich da keine Chancen mehr, weil mir die schon der Armin Müller stahl.

Das Tal der großen Schwärme

Es flogen ganze Schwärme
von Vögeln in ein Tal
dort segelten sie gerne
hinein ins Schwärmetal

Im Schwärmetal da lebt der
Uran Utang schon seit Jahren
Und so ist dieser Reim
herbeigezogen an den Haaren.

A geh,

scheiß da ned aufs Wadl
weil du findst niemals a Madl
des mit ihrer feschen Tracht
dir dein Wadl sauber macht

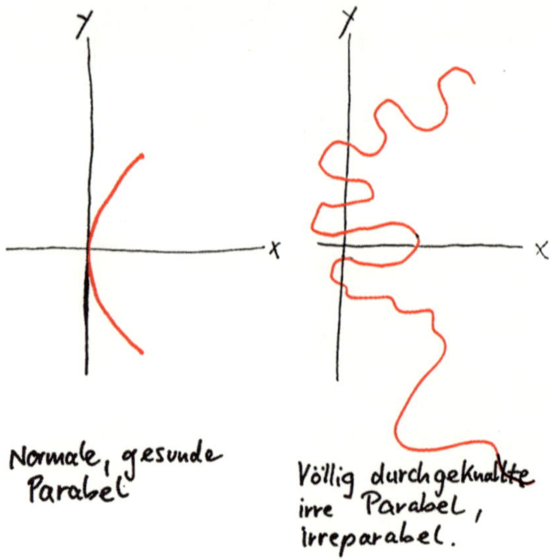

NEUE SERIE

Vergessene Werke von talentfreien Kunst-Studenten.

Heute: Sandy Jawlensky
malte 1983 im Öl
auf Leinwand:

TITEL: Drei dreieckige, nicht vermittelbare Negerküsse fliehen im roten Morgenmantel um 6 Uhr 32 über frischen Rindenmulch aus dem Mohrenkopfheim „kleiner Brauner“

Der Schuh muss in die Bladen

Der Schuh muss in die Bladen
die Schoko in die Laden
kau einen guten Fladen
das ist gut für den Magen

Kau Fladen! Kau Fladen!

Ich lache mich so scheppich
denn unter mir im Teppich
wohnt Kathi, dieser Floh
Flo Kathi macht mich froh!

Lätizia-Schantall
übte heimlich Ballett
wenn ihre Eltern auf
einem Tupper-Abend
waren....

Drei unheimlich alte Gesellen

Drei unheimlich alte Gesellen
im Seniorenheim auf den Seychellen

die waren, was gar nicht verwundert
zusammen schon über 500

sie taten – wie immer – nur meckern
absichtlich den Nachtisch verkleckern

denn gab's doch wie immer das Gleiche
das glibbrige Zeuch, dieses weiche

Sie nörgelten auf ihre Weise:
»Schon wieder Götterscheiß-Speise!«

Ja ja, die Spöttergreise.

Mozarts Kinder
·DON·
·JOE·
·FANNY·

Der schwarze Punkt am Po von Björn

Der schwarze Punkt am Po von Björn
entpuppt sich als Melonenkern
Dahinter liegt verborgen, still
ein Pickel.
wie ihn keiner will

Ein Exemplar, das nicht entzückt
hab ich mich deutlich ausgedrückt?
er klebt am Po, noch unerkannt
als gelbes Ding mit rotem Rand

Drum ist mir ein (ich sprach schon drüber)
Melonenkern vom Arsch weg lieber.

Das schlechte Image der Tierhaltungen hat viele Betriebe zu kreativeren Maßnahmen gezwungen.

Kennen Sie das Beatles-Lied: »Gebäck«?

Kann ich wärmstens empfehlen.

Ich wohn ja in der Nähe von einem Kernkraftwerk und geh ja oft schon morgens um 6 Uhr zum Bäcker Rell auf ein süßes Teilchen ohne Beschleuniger.

Vorher zieh ich mir meinen Plunder an.

Ich gehe ziemlich gern frühstücken, dann brezl ich mich auf, außen knusprig, innen flauschig, fertig ist die Lauge.

Mich interessiert auch immer das Aussehen der Konditorinnen – ist sie eine Schnecke oder doch eher ein Krapfen, hat sie einen Zopf, ein regelmäßiges Liebesleben, also ist sie z.B. eher auf ein Korn spitz … will sie lieber mit Zucker pudern oder eher mal mit einem Nickel pumpern, gut – jetzt werden Sie völlig zurecht sagen: »Hey Willy, bist du nicht ganz bei Toast? Bist du noch ganz resch?!«

Okay, ich kann schon verstehen, dass sie mir

eine reinsemmeln wollen, wobei ich Semmeln eher selten kauf ... Ich bin nämlich eher der Broto-typ. Ich mag den Roggenroll, aber manchmal krieg ich echt gar nix gebacken. Neulich wollt ich einen Kuchen machen, allein diese Masse so hinzukriegen, dass es passt, hat mich nach einer Zeit so mürbe gemacht, dass ich geschrien hab:

»Hey du bist ein ganz ein blädder Teig!«

Aber bevor ich einen Fertigteig kauf, dachte ich mir: liebaguetts a bissl langsamer.

Apropos langsam: Ich muss mich jetzt beeilen, dass ich trocken in die Arbeit komm. Draußen donuts!

Grilling me softly

Gestern war ich wieder mal in der Natur gewesen, weil ich mag die Natürlichkeit gern.

Aus Interesse in einer Sommerwiese gelegen.

Gelauscht. Gerochen.

Dann hat mir eine Zikade ins Ohr gezirpt: »Ich grille gern!« Das war ein Zeichen.

Ich bin sofort los und hab mir an der Tankstelle eine Ausrüstung gekauft, denn ich dachte mir: beim Grillen, da kannst du entspannen, nach dem Motto »Wer rastet, der rostet« und von der Ausrüstung her, da kann ich mich jetzt schon blicken lassen.

Was beim Grillen Geld kostet, ist gar nicht so sehr die Kohle. Du brauchst einfach einen Haufen Asche, wenn die die Ausstattung stimmen soll.

Also ich weiß ja nicht, ob Sie's interessiert, aber ich hab jetzt einen robotergeschweißten One-Touch-Gold-Johann-Lafer-Edition-Kugelgrill mit handpolierten Aluminiumlüftungsschiebern, porzellanemailliertem Qualitätsgussdeckel, einem patentierten Aschehaken, natürlich Rapidfire-Sturmstreichhölzer, weil lass heut mal was sein, dass beim Grillen ein Sturm kommt, z.B. ein Kyrill und dann kriegst die Briketts nicht an – ist doch peinlich vor den Gästen, da Wilma nicht im Regen stehen.

Ein innenbelüfteter Fleischthermometer sorgt dafür, dass du immer genau weißt: Mensch, wie weit ist denn mein Hals grat!?

Und wenn du dann dein Jörg-Pilawa-Grillgut drauf hast, weißt du, dann helfen dir natürlich die Flavorizer-Aromaschienen in Verbindung mit der patentierten Tropfgutführung schon gewaltig, grad was die Bestimmung der Restgarzeit angeht, und erst wenn der Thermometer seinen Pfeifton zur Endabnahme signalisiert, jawoll, dann erst nehme ich meine feuerfesten Johannes-B.-Kerner-Grillhandschuhe zur Hand, mach eine Küchenrolle, häng mir die Lichter-Kette drüber, hol den rostfreien Lanz-Edelstahlwender vom philippinischen

Kirschholzhaken und schau in meinem Outdoorkochbuch nach – mein Lieber, das ist vielleicht ein dicker Mälzer.

Ich wollte ja unbedingt schon lange mal die Symphonie von asiatischen Hühnerschenkeln, zweiunddreißig Tage mariniert in einer Tunke aus bengalischem Dschungelingwer und einer vorher reduzierten Chili-Mangoessenz ausprobieren, dazu vegetarische Putenwiener, oder wie wärs mit einem Gangerl von Terriakiweißwürscht auf Zigeunerart mit Champignonfüllung. Oder wenn die Schwiegermutti kommt, Kugelfisch auftauen und rauf aufn Drehspieß.

Grillen ist ein halt ein altes Rauchtum, und wer hats erfunden!? Der Grillparzer.

Ihr Brutzel Willis

Bilderrätsel!
Wie heißt dieses berühmte Zitat?

Lösung:
Moral, City und Handstand

Fußballreportage zum Nikolaustag

»Ich befinde mich hier im weihnachtlichen Adventsstadium, und hier schaut es so aus als hätt ma sich mit diesem Ergebnis orangeat – aber wir ham ja noch gute 2 Minuten. Der Benjamin Vorlaut, 10 Jahre alt isser, führt die Christbaumkugel, frech wie er des macht, aber frech war er eh und je, der Vorlaut, durchgemogelt hat er sich schon in der Schule, Hausaufgaben macht er so gut wie gar nicht, in seinem Zimmer schauts aus wie im Saustall, und freche Antworten gibt er seinen Eltern und den Lehrern, aber noch hat er die Kugel, schleicht sich vorbei am Marzipan, aber jetzt wird's eng, weil am Nikolaus, da kommt er nicht vorbei mit den ganzen Stollen, Vorlaut, der Bengel, gibt ab zu seiner Schwester, dem Engel, Engel über die Flügel, aber da steht der Krampus, die Kugel zurück zu Benny Vorlaut, vorbei am Sideboard, und da kommt er zu Fall!!!

Und da will er Elflametta, aber da hat er drauf spekulatiuisiert, kein Elflametta!!! Die Kugel jetzt bei Apfel.

Apfel auf Nuss, Nuss rüber zu Mandelkern, und aha, da läuft ein Flitzer aufs Spielfeld, und alle denken sich, ja Mensch, was will denn der Mann darine, der Ball jetzt bei den Kokosmakronen hoch gespielt zu Kerze, Kerze lässt abtropfen zu … na klar … Benny Vorlaut, und da nehmen sie ihn in die Feuerzange hier im ausverkauften Reiheneckhaus, Achtung Achtung, ich sag das nur, weil von hinten das Zitro naht, die Oma und der Opa sind da, der Onkel, die Tante, und alle singen sie und hoffen auf einen Sieg in diesem Krippenspiel…

Und was ist das? Da springen sie auf von der Kücheneckbank, und ich ja ich seh gar nix mehr, man sollte die ganze Verwandtschaft am besten an die Lichter ketten!!

Weiter geht's. Benny Vorlaut mit seinen Hausschuhen auf und davon unterm Tisch, vorbei an den Vanillekipferl, aber da kommt der Knecht Rupprecht von rechts, rutscht aus, auch der Nikolaus läuft ins Leere, der Nikolaus, bei dem dieses Jahr die Frage war, ob der Vati nochmals reinpasst ins rotweiße Trikot, aber Achtung, von links kommt der Krampus, ein Mann wie eine Nordmanntanne, aber heute nicht aufm grünen Zweig, nur noch wenige Sekunden zu spielen in der staden Zeit, und jetzt schauts so aus als ob sie den Benny Vorlaut in den Griff kriegen, Powerpressing, links der Knecht Rupprecht, rechts der Nikolaus, sicher die letzte Chance, und da kommt von hinten, Achtung! der Krampus und und und!? Drin! drin isser, der kleine Benny, und da ham sie den Sack zugemacht und da singen sie natürlich von drauß vom Waldi komm ich her, ja, und da zappelt er im Sack, das Spiel ist aus, die Rute hats gar nicht gebraucht, und da gehen sie vom Plätzchen, und da grinst er der Krampus. Ja, so kanns gehen liebe Kinder also reißt euch zsamm, seids brav – 1:0 das Ergebnis eines spannenden Spiels für Krampus, Knecht Rupprecht und Nikolaus gegen einen verzognen Saufratzen und damit gebe ich zurück in die angefressenen Lebkuchenhäuser…«

Ich schenk' Dir einen Strauss
mit roten Hosen

Jetzt bestellen!
Zur Krise die richtige Münze!
Limitierte EDITION!
Ich weiß, es wird einmal ein WUNDER geschehn
5
DER LEANDERTALER

Wiesn

Mia warn auf der Wiesn
des war a so scheeee
am Anfang paar Mandeln und
Zuckerwatteeee

A Fischsemme
und glei a Hopfenkaltschale
geh setz di nur her da
mir schunkeln jetzt alle

Die Stimmung ist riesig
mein Nachbar macht Spaß
i hau da glei eine aufs Maul du
voll krass

Ein Mann auf dem Tisch tanzt
und singt vom Karwendel
und brunzt mir von obn
ungeniert in mein Hendl

Ich fühl mich ned wohl
ja ich geh nimmer grad
zum Abschluss mit Freunden noch
ins Riesenrad

Mein Gsicht wird ganz blass
von dem Abend dem bunten
ich sitze ganz oben
mein Hendl is unten

Entsetzt sind die Menschen
dort in Gondel drei
da rauschte mein Hendl
nebst Fischsemme nei

Menschliche Abgründe
taten sich auf
und ich versprech
daß i nie mehr was sauf!

Doch näxts Jahr auf d' Wiesn
des werd a so scheeee
am Anfang paar Mandeln und
Zuckerwatteeee!

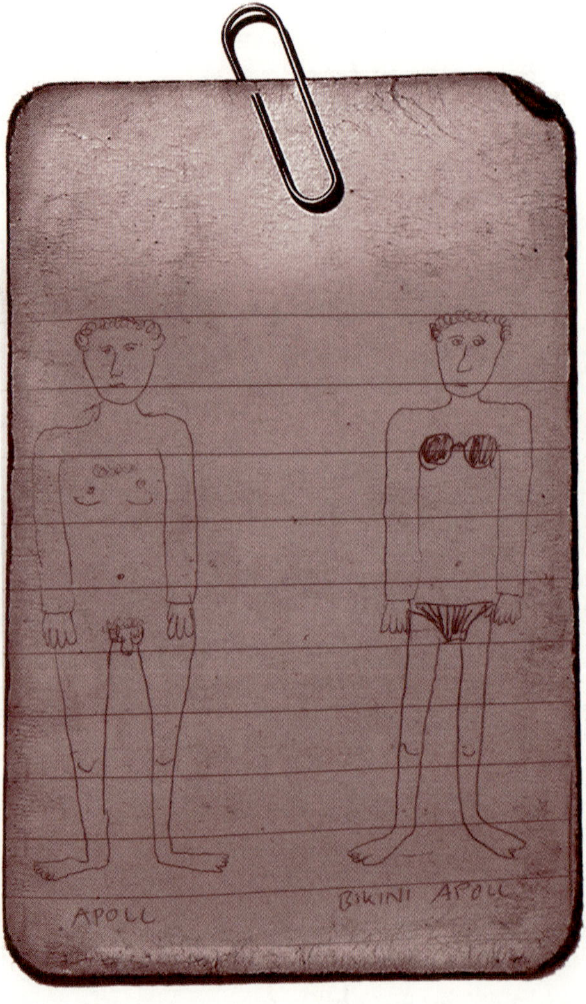
APOLL
BIKINI APOLL

Es steckt schon mal im
Honeymoon so manch
verliebter Hahn im Huhn

Die Fee,

die sitzt im Zug bei Schnee
mit Santa Claus im Separee
und das in einem ICE
es ist die Lokomoti-Fee

Reminder

Und hier noch einmal als Reminder auch für Weitsichtige (bitte umblättern) :

Alb
er
nhei
tver
hin

dert
denernst
derl
age!

Albernheit verhindert den Ernst der Lage

Ich krise sie. Ich hab das Gefühl , das Leben auf der Welt wird immer komplizierter, schwieriger und härter.

Sogar die Hotels gehen auf eine gewaltige Rezeption zu. Europa ist im Schlingerkurs und wir, die Sklaven der Rating-Agenturen, rudern um unser Leben auf der in Schräglage langsam untergehenden Arche … nur Käptn Scettino ist aus Versehen schon ins Rettungsboot gefallen.

Was macht also das Leben noch sinnvoll? Es gibt doch auf der Welt wirklich Wichtigeres als nur noch Konsum, das Materielle.

Wichtig sind doch am Ende die inneren Werte, das Spirituelle, das, was das Leben ausmacht – ein 911er oder wilde Partys. Omm.

Aber auch Dinge wie die Pflege unserer Lachmuskeln gehören zum essentiellen Überleben. Die

Menschen müssen lachen, damit sie gesund bleiben!

Darum hab ich ein Lachseminar entwickelt, vorwiegend für Leute, die sich mit dem Schnaufen schwer tun – Motto: »Jetzt lach doch asth ma!«

Gut, es war dann vom Erfolg her doch recht übersichtlich, aber ich glaube schon, daß ich gerade für Patienten mit Atemnot einen Riecher hab …

Entschuldigung, dass ich mich jetzt direkt an ihre Nasenscheide wende. Aber Menschen haben eine fast schon panische Panik vor Seuchen.

Ehec. Ehec hat sich in Europa aufgebaut wie ein unheilvoller Riese – wer hat nicht Angst vor der Ehec-riese.

Alle Sprossen hatten sie aus dem Verkehr gezogen, Eltern haben Kinder vom Turnunterricht befreit, wegen der Sprossenwand.

Und was ist mit der Gefahr von ABC-Waffen?

Im Grunde habe ich dafür typhus verständnis, aber man kann's auch übertreiben.

Ich, neulich am Flughafen, wollte nach Amerika fliegen – fragt mich der amerikanische Security, was ich da in der Tasche hab. Sag ich: »Anthrax!«

Haben sie mich sofort im Polizeigriff nach unten geschmissen, und ich konnte gerade noch schrein: »Anthrax…formulare!«

Also wenn eine Pandemie kommt, da müssen dann schon heftige Medikamente her, da hilft dann auch die Homöopathie nicht mehr.

Wobei die Homöopathie nach wie vor immer beliebter wird.

Nicht auszudenken, wenn Hitler kein Diktator geworden wäre, sondern Homöopath, hätte dann ganz Deutschland geschrien: »Heil Praktiker!«?

Auch wenn die Naturheilerei auf dem Vormarsch ist, sie ist sicher kein Allheilsbringer – die Menschen sind ja dauernd auf der Suche nach diesem und jenem, was sie gesünder und zufriedener macht. Manche treten in eine Sekte oder eine Partei ein oder in eine Kombi aus beidem. »Zeugen Seehofer« sei hier genannt.

Der Mensch will Glück, welches aber nicht wie ein Gebrauchsgut im Supermarkt an der Glückstheke zu bekommen ist. Vorgaukeling. Die Werbung als Vorbild für die Jugend: das Easy Going auf Bacardi Island. Dem Untüchtigen hilft das Glück.

Dadurch entwickeln sich auch sagenhafte Gehaltfantasien. Ein Leben nur noch fürs Wochenende. Die Arbeit als lästige Begleiterscheinung. Keiner will sein Leben mehr annehmen.

Kaum ein Mensch will doch mehr der sein, als der er geboren ist.

Schauen Sie die Models an. Die können sich doch alle nicht annehmen. Und jede spielt bei Moliere die eingebildete Schlanke.

Sie kennen den berühmten Film über die Model-Szene? Neuneinhalb Knochen.

Was denkt sich ein Model, das von einem Polizisten rausgewunken wird – »Meint der Bulle mi?«

Und wer ist der Lieblingsmaler eines Models - Albrecht Dürrer. Alles nachzulesen in den Magerzinen.

Ich nehme an, Sie wollten früher auch immer

wer sein, also ich wollte immer der Harrison Ford sein, weil der immer so sausympathisch mit seinem braunen Cordsakko voll der Checker war, nebenbei noch die Welt gerettet hat und zwar ohne vorher noch seine Mails zu checken.

Mir war dann aber schnell klar, ich kann ja gar nicht Harrison Ford sein, weil ich gar nicht Harrison Ford bin!

Das zu erkennen war für mich als Person sehr wichtig. Darum hab ich mich dann für Günther Netzer entschieden.

Momentaner Hit bei den
Ü-70 Partys:
Kukident! Kukident! Mei Protheserle fliegt raus...
KORK
HEUTE spielt für Sie
GINO ELBA
alias
ELBA GINO

Anekdoten von der Frohna-Tour

Der Astor-Transport ist seit knapp 30 Jahren auf Frohna-Tour quer durch Deutschland, Österreich aber auch unterwegs in Ländern außerhalb von Europa, wie der Schweiz.

Auch im Nahen Osten konnte ich Heiterkeitserfolge verbuchen, da die Menschen in Dresden, Weimar und Leipzig auch sehr sprachspiel-interessierte Publikümmer sind und echte Begeisterungsfähigkeit besitzen.

Auf Tour sein und abends pünktlich um acht auf Touren kommen – das ist meine klar definierte Aufgabe als Außendienstler, sprich: immer dann präsent sein, wenn alle anderen frei haben.

Als Belohnung für eine manchmal entbehrungsreiche Zeit locken Frauen. Und zwar Frauen, die sich schon nach wenigen Minuten ihren zerlaufenen Kajal von der Backe wischen und ein Publikum, das im günstigsten Fall am Ende glücklich grinsend aus dem Foyer schlendert. Ein für mich durchaus erstrebenswertes Ziel. Im Grunde das Höchste der Gefühle überhaupt. Glücklich machen macht glücklich.

Dieses Leben unterwegs wird aber auch gern romantisiert. Es hat durchaus seine Tücken und auch unattraktive Momente – in solchen Phasen denke ich oft an eine Textzeile von Grönemeyer: »Es geht mir aufn Keks das Leben unterwegs«.

Da ist schon was dran, besonders, wenn zu Hause Feste gefeiert werden, Finalspiele auf Leinwand stattfinden, einen stauige Straßen im Ennepe-Kreis, Escheweiler-Hamm-Üntrop erwarten oder man sich einfach gerade nicht von seinen Liebsten lösen will.

Wenn einen zuweilen abgewohnte Fensterledervertreterkongresshotels erwarten, die Rezeption unfreundlich ist, tägliche Hotelzimmerwechsel drohen oder man selber einfach mal gar nicht gut drauf ist. Da bin ich dann schon mal ein trüber Dour.

Ich kenne die Fußgängerzone von Wuppertal oder Gelsenkirchen-Buer. Da muss man schon stark sein.

Aber richtig eng in der Brust wird's dann, wenn ich in dieser Stimmung ohne Vorwarnung an einem bestimmten Laden vorbeikomme:

Concord Matratzen.

Und wenn ich die Einsamkeit suchte in der hohen Tatra oder im grönländischen Packeis – ich wäre mir sicher, dass mir diese wildwuchernde Federkern-Kette am Wegesrand blüht.

Ein Blick durch die Scheibe, und du ahnst: In diesem trüben Neonlicht schleppen sich bestimmt regelmäßig deprimierte Mitglieder von großen deutschen Burnout-Kongressen auf ein letztes Probeschweben.

Vielleicht auf einer Concord adieu sagen!? Noch einmal matt ratzen. Und das war's dann.

Mit demselben suizidalen Charme erreicht dann meine jetzt doch ziemlich angezählte Stimmung bereits 800 Meter weiter ein »Dänisches Bettenlager«, dicht gefolgt von einem »Matratzen-Outlet«.

Ich kenne in Deutschland keine Branche, außer die der Spielhallenbetriebe, die sich mit solcher Penetranz verbreitet hat.

Wer braucht so viele Matratzen? Haben die Deutschen mittlerweile mehr Matratzen als Schlafanzüge?

Sind es Sie, der gerade diese Zeilen liest, der ein Matratzen-Messi ist? Wo und wie lagern Sie diese? Sind Sie Hochstapler? Ein untergründiger Mensch?

In solchen »special moments« kann einen nur ein gutes »Menschment« aufrichten – das kann schon ein Telefonat sein mit Frau, Kind, Hund, Freunden oder ein Kaffee mit meinem Techniker, dem gude Guido. Wir verstehen uns gut, was auf Tour quasi überlebenswichtig ist, und ich muss auch selten Soundcheck machen, weil er schon weiss wie ich's auf der Bühne gerne klingen habe. Das ist Bühnen-Luxus.

Ich will doch nur spielen!

Das bringt mir neben dem Spaß schließlich auch die Butter aufs Brot und das On-the-road-Sein bereichert dann den Horizont doch beträchtlich, es hält den Geist beweglich und bietet neben spannenden Begegnungen auch Überraschungen.

In meinen Anfangsjahren ab 1983 bin ich erstmal hauptsächlich durch Oberbayern getschuckelt.

Und das in gebrauchten Schepperbüchsen, deren Lenkrad gerade mal bis zum Fahrer reichte und deren Anschaffungspreis in keinem Verhältnis zur Fahrtauglichkeit stand: Mein erstes Auto war ein Datsun Chrysler Sunbeam (ein Exot für 500 Mark und eine ewige Zitterpartie), dann kam ein Ford Fiesta (meistens mit kaputtem Blinker und Scheibenwischer, Motorschaden mit 60.000 km), Fiat Uno (mein schlimmstes Auto überhaupt), ein zweizylindriger R4, von dem 30 Minuten nach dessen Erwerb auf der Schleissheimer Straße die komplette Auspuffanlage auf den Boden krachte. Ach ja, und da war noch ein froschgrüner Opel Rekordrost 2.0 (Monster-Sparbüchse und nur Stress auf der Straße, wenn er überhaupt aus dem Parkplatz bis dahin kam).

Richtig stressfrei wurde das Tourfahren für mich erst ab 1988 mit meinem ersten neuen Auto, das ich mir zusammensparte, einen BMW 316, für 18.000 DM – wie geil war das denn: Alle Blinker und Lampen gingen, er fuhr am Stück (!) von A nach B! Juhu!

Ja, das war schon eine brutale Erleichterung, ein Gefährt zu haben, auf das ich mich verlassen konnte. Immerhin gab's ja auch noch keine Navis und bis Mitte der Neunziger waren meine Tourautos voll, nein: übervoll mit Stadt- und Straßenplänen.

On Tour sein birgt die Gefahr, Streufelder zu erzeugen. Ich weiß jetzt auch nicht, wie viele Sonnenbrillen, Shampoos, Ladegeräte oder sonstiges ich die letzten 28 Jahre irgendwo habe liegen lassen. Ich nehme mir gerne Dinge mit, die ich auch zu Hause gerne bei mir habe, wie Bücher, Duden, Yogamatte, Gitarre (manchmal komm ich überraschend auch mit zwei nach Hause), aber klar, manchmal geht auf Reisen was verschütt – schließlich ist die Aufmerksamkeit ist ja auch nicht immer tiptop.

Zuweilen kann das auch richtig teuer werden. Manchmal eilt einem das Glück zu Hilfe, wie eines Abends, als ich Ende der 90er-Jahre im Winter nach einem Auftritt in Franken noch tankte und den

Geldbeutel im Eifer des Mantel-wieder-Ausziehens beim Einsteigen auf das Autodach legte – wohlgemerkt mit der Abendgage darin verstaut.

Ich fuhr über die Landstraße Richtung Autobahn und nach ca. 10 Kilometern fühlte ich ein Unwohlsein in meinem Bauch. Ich tastete meine Jacke nach der Börse ab und erinnerte mich sofort an die Situation an der Tanke. Auch wenn sich das jetzt liest wie ein billiger Groschenroman: Pochenden Herzens hielt ich vor-sich-tigst (!!!) an der nächsten Möglichkeit, stieg aus und wagte kaum den Blick aufs Autodach. Kalter Schweiß schoss mir auf die Stirn.

Aber da lag es! Mein Portemonnaie! Brav auf mich wartend und scheinbar angewachsen. Obwohl ich sicher schon mit hundert Sachen unterwegs war und kurz davor, auf die A8 abzubiegen. Schluck.

Weitaus weniger Glück hatte ich allerdings kurz vor einem Auftritt in Landshut im Jahr 2002. Damals schon etwas nobler unterwegs. Mit meinem X5 musste ich dringend tanken, da ich sonst nicht mehr zum Auftrittsort gekommen wäre. Einen Moment nicht aufgepasst, zog ich gestresst die Zapfpistole für Normalbenzin – was insofern ungünstig ist, wenn man einen Diesel hat.

Ich tankte und nach ca. 25 Litern bemerkte ich den Fauxpas. Ich stoppe also den Tankvorgang und anstatt mal für ein Fünferl eine Minute nachzudenken, tanke ich die restlichen 45 Liter Diesel drauf.

Unter enormen Zeitdruck leidend, eröffne ich dem Tankwart an der Kasse meinen Fehler und anstatt die Hände überm Kopf zusammenzuschlagen und den ADAC zu rufen, meint der lässige Niederbayer: »A geh, des druckt's schon durch!«

Ich also total erleichtert ob des Ratschlags eines Fachmanns, steige ins Auto, eile zur Bühne, springe direkt on stage und erzähle unter großem Gelächter diese Geschichte. Diese Geschichte, deren böses Ende noch folgt. Einem schönen Abend in Landshut folgte eine entspannte Heimfahrt, da ich immer noch der hochkompetenten Auskunft des Tankwarts vertraute. Das Auto fuhr mich die 60

Kilometer gut heim. Nächster Tag Auftritt in Amberg. Gegen 17 Uhr fuhr ich wieder auf die Arbeit. Allerdings schon mit mulmigem Gefühl.

Auf Höhe Allershausen, wo es eine leichte Steigung zu überwinden galt, war's dann endgültig vorbei mit lustig. Der Wagen stotterte mich mit Ach und Krach in einen zufällig anwesenden Parkplatz, ich rief sofort den BMW-Service an. Die Zeit rast voran und in der halben Stunde bangen Wartens treffe ich auch noch einen entfernten Bekannten, der zufällig auf meiner Höhe aus einem Reisebus aussteigt und mich überschwänglich und mit munteren Scherzen begrüßt, frei nach dem Polt'schen Sketch: »Ja, da Willy! Ha! Ja hey sogamoi, da Willy, hey, was machst denn duuuuu da? Wie geht's da denn oiwei, Willy, geh weida!« usw usw usw.

Sie können sich sicher vorstellen, wie froh man in solchen Momenten wäre, wenn man in Ruhe nächste Schritte eines sich nicht mehr abzuwendenden Dramas überlegt, um weitere Kollateralschäden zu vermeiden. Vielleicht hatte ich ja an diesem Tag eine äußerst seltene Uranus-Merkur-Konstellation, und auf dem Saturn ist auch noch ein drittes Haus auf mein Tierkreiszeichen gestürzt, da hat auch mein Krebs-Assistent wohl nix mehr ausrichten können – aber genau dann sind solche vom Universum geschickte Gaudinockerl eine brutal harte Prüfung und erfordern höchste diplomatische Geduld, diesem »Bekannten« zu vermitteln (den ich schon fünf Jahre nicht mehr gesehen hatte), dass er mich gerade in einer sehr ungünstigen Lebenssituation erwischt hatte und ich in keinster Weise zu Schabernack aufgelegt war. Und zum »Ratschen« schon gar nicht.

Das Ende vom Lied: Ich wurde vom Parkplatz nach Allershausen geschleppt, bekam durch den starken Einsatz des Abschleppers ein Leihauto und zischte nach Amberg, wo ich kurz nach acht Uhr schweißgebadet eintraf. Am nächsten Tag kam der Kostenvoranschlag, und genau das hat's auch ausgemacht: 10.000 €, Motor kaputt. Shit happens. So sagt man doch neuerdings.

Lieber, viel lieber hätte ich diesen Betrag gespendet, oder, im Gegenteil: Ich hätte als Strafe denselben Betrag zusätzlich dem Guttenberg spenden sollen, damit er während seiner Doktorarbeit gut um die Runden kommt. Meiomei, ich krieg fast körperliche Schmerzen, wenn ich daran denke.

So habe ich erstmal etliche Benefizabende für einen neuen Motor hingelegt. Unpräsenz gepaart mit Zeitnot endet in der Regel immer als eine teure Angelegenheit.

Ebenfalls auf die Kette der unangenehmen Tour-Erinnerungen reihen sich zwei von mir vergessene Auftritte in den 90ern, weil ich nicht richtig in den Kalender geschaut hatte oder den Gig gleich gar nicht eingetragen hatte.

Da bist du dann »The day after« der einsamste Mensch der Welt und kommst dir vor wie ein Elferschütze, der im großen Finale versagt hat. Die Chance war doch da und soooooo groß! Glück im Unglück gibt's allerdings auch.

Ich saß mit Freundin am Samstagabend im Herbst '87 vor »Wetten, dass …« daheim auf dem Sofa. Um neun Uhr ruft mich ein völlig aufgelöster Veranstalter aus Tiefenbach bei Landshut an, wo ich denn um Gottes willen bleiben würde. Da stockt einem das Blut. Bei wem auch immer der Fehler eines Terminverdrehers lag – ich packte unter Flüchen meine Anlage ein und fuhr mit meinem Fiat mit unglaublichen 130 Sachen nach Tiefenbach, wo ich um elf Uhr abends mein Programm beginnen konnte – weil alle Leute auf mich warteten. Das ist dann großes Kino, das ist Werbung für den Fußball. Das waren immerhin 130 Menschen in einem völlig überfüllten Kleinkunstlokal – und ich habe selten einen so euphorischen Abend erlebt. Die Leute haben sich vielleicht auch als Belohnung für ihre Geduld in eine regelrechte Ekstase hineingelacht, und ich konnte schließlich um fünf Uhr morgens erleichtert wieder über meine heimische Schwelle treten.

Mit besagtem Uno bin ich kurz darauf zu meinem ersten Auftritt nach Freiburg geritten. Es war gefühlt die längste und strapaziöseste Fahrt ever, denn ich brauchte sagenhafte sieben Stunden dorthin, da ich am Freitagnachmittag losfuhr und mich für die ungünstigste Variante – am Bodensee entlang – entschied. Eieiei, Unerfahrenheit schützt vor Strafe nicht. Auch da musste das Publikum bis um neun Uhr warten, bis der Herr aus München kam und die Anlage aufbaute.

Immerhin haben mich die Veranstalter trotzdem nett begrüßt, und so fand auch dieser Gig ein gutes Ende.

Was am meisten deprimierte, waren Auftritte mit wenig Zuschauern. Den Minusrekord in diesem Zusammenhang hält ein Engagement von 1985 eines Mannheimer Jugendzentrums, die mich für damals sagenhafte 500 Mark (!) engagierten. Normal waren für mich 30 bis 100 DM.

Ich fuhr mit meinem damaligen Opel Rekord dorthin, baute meine Verstärker auf, schloss die Boxen an und wartete. Wartete bis 21 Uhr, und: Es kam schlicht niemand. Der Jugendleiter meinte: in der Nachbarhalle spielt heute die Bob Marley Band, vielleicht ist das ja der Grund.

Ich habe dann gegen 22 Uhr meine Anlage abgebaut und bin direkt nach München zurück, zwar um eine gute Gage reicher – aber trotzdem das Gefühl einer bitteren Niederlage im Bauch. Die Tage danach: unbefriedigend und erfüllt mit Leere. Okay, man könnte sagen: pecunia non olet, aber wo war dieses unbezahlbar schöne Gefühl, Menschen glücklich gemacht zu haben? Und: Würde das so weitergehen?

Soll jetzt nicht kokett klingen oder um Mitleid heischend, aber im Grunde haben sich diese Zitterpartien fünf lange Jahre lang abgespielt, und es war für mich schlicht normal, weil ich auch sehr damit beschäftigt war, mich weiterzuentwickeln mit meinen Nummern, da denkt man nicht an Momente, in denen man vielleicht mal in großen Hallen spielt.

In den Großstädten waren meine Besuche am deprimierendsten, in Berlin bei meinem ersten Gastspiel im Ratibortheater 70 Leute. Verteilt auf sechs Tage.

In Wien bei einem Fünf-Tage-Gastspiel im Juni in der Kulisse Anfang der 90er um die zehn Zuschauer pro Abend.

Natürlich stellt sich hier die Sinnfrage. Werde

ich in den nächsten Jahren davon leben können? Muss ich doch wieder in meinen gelernten Beruf zurück? Oder doch eine Stelle als Weinbergschneckenanimateur annehmen!? Wie viele gefühlte Debakel werden sich noch einstellen? Zweifel purzelten pausenlos durch meine Gedanken und stellten immer mehr Fragen nach meiner Existenz.

Die Antworten aber haben mir die Auftritte vor wenig Publikum selbst gegeben: Wenn du vor zehn Leuten eine Show spielst und diese Minimasse begeistern kannst, bringt das den Rückenwind und Zuversicht, um die nächsten Shows zu bestehen. Diese Menschen aus den damaligen Zeiten, die ich mir zu Fans gemacht habe, treffe ich übrigens immer wieder auf meinen Touren, sie haben mir die Treue gehalten und jedesmal wieder neue Leute mitgebracht, die wieder zu Fans wurden. Ich will hier keine Eulen ins gebeutelte Athen tragen, aber es braucht einen langen Atem im Showbusiness und, was mich immer getröstet hat, war, dass auch so veritable Kollegen wie Harald

Schmidt etc. diese jahrelange Tingelei in Ungewissheit hinter sich haben.

Im Kleinkunstmilieu aufzuwachsen, gibt ein sehr solides Fundament und bringt die Bodenständigkeit, die Deutschlands »Superstars« nicht mitgegeben ist.

Richtig gutes »Bühnenhandwerk« lernst du nicht durch Schulterklopfer, Kameras und Nachsingen von längst geschriebenen Hits, sondern durch die Auseinandersetzung mit dem Ding, das du wirklich machen willst und einer gesunden Portion Selbstkritik. Zeit dazu gibt's auf Reisen zuhauf, aber auch ein Scheitern will gelernt sein und muss überstanden werden.

1998 fragten mich zu meiner großen Überraschung zwei meiner Idole, Henny und Gerd von Badesalz, ob ich sie auf einer großen Sommertour durch Hessen als Bühnenact begleiten wollte. Fantastisch! Das erste Mal auf der Loreley spielen, Tausende von Hessen vor mir, die große Augen machten, weil sie alles erwarteten, aber am wenigsten einen Bayern.

Für diese Erfahrung bin ich bis heute echt

dankbar, nicht zuletzt, weil sich eine Kollegenfreundschaft entwickelte, die bis heute Bestand hat.

Schon ein Jahr später bekam ich eine Anfrage von Pur, sie bei acht großen Open Airs zu begleiten. Angestachelt vom Erfolg bei der Badesalz-Tour stimmte ich zu und los ging's. Die ersten Auftritte liefen auch sehr gut an, und ich genoss das Bad in der Menge vor dem soften Pur-Publikum. Ich war sozusagen der Warm-Upper und spielte immer unmittelbar vor dem Haupt-Act.

Die letzten beiden Abende standen an, einer in der Nähe von Bremen und in Berlin. Ich fühlte mich aufgrund der guten Erfahrungen im Grunde schon unbesiegbar.

Bis ich an jenem unglaublich heißen Sommerabend in Bremen auf die Bühne kam. Vor mir spielten am Nachmittag schon die Prinzen, Nena und Guildo Horn, die das Publikum vier Stunden lang bis an die Grenze zum Mitklatschen und Toben animiert und mit unglaublich viel Dezibel müde geballert hatten.

Mich beschlich ein zunehmend größeres Unbehagen, als die Techniker mein Alleinunterhalterkeyboard aufbauten, da ich in der Menge lauter puterrote Gesichter sah, die sicher allesamt nicht auf mich warteten. So kam's dann auch. Die Moderatorin einer Bremer Radiostation sagte mich an als einen Münchner, und ich ging auf die Bühne. In Bremen ist es eher kontraproduktiv als ein Mann aus der Stadt des Rekordmeisters angesagt zu werden.

Im Grunde war es mir da schon klar, dass es zu einem Debakel kommen musste, da von den 20.000 Leuten niemand von mir Notiz nahm und es im Vergleich zu den Abenden vorher nicht mal höflichen Begrüßungsapplaus gab.

»Augen zu und durch« war meine erste Idee, bis es schon nach zwei Minuten zu wütenden Pfiffen kam, die immer noch wütender wurden. Als Drohnen getarnte Bierdosen und Becher flogen in meine Richtung. Es gesellten sich Buhrufe aus Tausenden von schon heiser gebrüllten Kehlen hinzu, und obwohl ich lauter Paradenummern am Start hatte, die Tage vorher schon der Smasher waren, musste ich um meine körperliche Unversehrtheitheit fürchten, weil neben Flaschen nun auch noch alles andere was schmeißbar war in Richtung meines Mikros zischte. Tröstliche Worte kamen nach Abbruch meines Auftritts von Sebastian Krumbiegel: »Also, das was ich gesehen habe, fand ich witzich!«

Am nächsten Tag auf der Waldbühne in Berlin regnete es aus Strömen, und die ansässigen Pur-Fans fanden es überhaupt nicht knorke, dass ich ihnen noch zusätzlich die Stimmung verhagelte.

Also gellten auch dort schnell wütende Pfiffe durchs Rund, die mich dann nach fünfzehn Minuten zur Aufgabe zwangen. Everybody's Darling geht halt nicht, und dass Rock 'n Roll kein Ponyhof ist, ja, das wusste ich eigentlich auch schon.

Ich bin froh um diese Erfahrungen, und die Möglichkeit, immer etwas Gutes zu bewirken, habe ich ja Gott sei Dank bei meinen Soloabenden, wo ich dann der Bestimmer sein kann.

Du weißt ja nie, was passiert. Im günstigeren

Fall bezaubernde Momente, wie in Saarbrücken, wo ich ein junges Pärchen nach ihren Hobbies befrage. Sie antworten: Hip-Hop-Tanz.

Als sie in der Pause zum Signieren kamen, fragte ich, ob sie nicht zu einem Hip-Hop meines Programms (»Fasermacker«) auf die Bühne kommen und dazu tanzen wollen.

Sie bejahten meine Bitte und zogen neben mir eine fantastische, völlig unerwartete Show ab, die die Leute zu Standing Ovations hinriss. So mit auf dem Kopf Pirouetten drehen und so. Einmalig eben.

Berlin, 2002, Wühlmäuse-Theater: Ein gemischter Abend mit acht Kollegen, der sich als Wettbewerb herausstellt, was mir so erstmal nicht bewusst war. Ich wollte einfach nach Berlin und mein Büro meinte, da ist eine gute Bühne und ein Mixprogramm.

Ich spiele mein Setup und werde am Ende unverhofft als Preisträger auf die Bühne geholt, bekomme von keinem Geringeren als Hans Dietrich Genscher nebst seinem Pollunder eine Wühlmaus auf dem Sockel in die Hand gedrückt. Dieser Preis war mit einem fixen Engagement verbunden, und damit hatte ich endlich eine Art Heimatbühne in der Hauptstadt, in der ich mir zehn Jahre den Wolf gespielt hatte und nix voranging. An diesem Abend traf ich dann auch den Chef der Bühne, den Dinosaurier des nonstoppigen Nonsens, Dieter Hallervorden, der mich als Kind so viele Jahre begeistert in die Röhre schauen ließ.

Seit dieser Zeit bin ich dort Stammgast und erlebte auch Jahre später einen besonderen Moment: Eine junge Frau im Publikum erzählt mir ins Mikro, dass sie Musikerin bei den Berliner Philharmonikern ist. Ein bewunderndes Raunen geht durchs Publikum. Ach du Liefagott! Auf meine Nachfrage, ob sie denn ihr Fagott dabei hätte, meint sie: »Nö, aber ich kann's in der Pause holen.« So besorgte sie aus ihrem Philharmoniker-Spind ein riesiges Kontrafagott, (die Bass-Ausgabe des Normalfagotts) und spielte uns allen am Schluss ein modernes Stück darauf vor. Sehr beeindruckt davon kam das Publikum, zu dem ich dann auch zählte, in den Genuss der vielleicht tiefsten Basstöne, die wir je gehört hatten.

Auf Tour sein öffnet eben Schleusen!

Zürich, 26.Oktober 2007: Die Aura, die Kollegen auf einer Bühne hinterlassen, kann einen auch traurig machen und verstören.

Bei meiner Schweiz Tour 2007 spielte ich im Oktober im Züricher Volkshaus. Am Abend zuvor trat dort Amy Winehouse auf. Zumindest unternahm sie den Versuch. Nach dem Augenzeugenbericht unseres Lichttechnikers hat sie immer wieder versucht, einen Song zu singen, was ihr aber aufgrund ihres Zustands nicht mehr möglich war. Während ihre Band versuchte, den Saal bei Laune zu halten, setzte sie sich mit ihrem Strickpullover und einer Flasche Wodka an die Bühnenkante und begann zu weinen. Das ausverkaufte Volkshaus pfiff sie nieder und nach fünfzig Minuten brachten sie Amy Winehouse in die Garderobe zurück.

Am nächsten Tag war die Schweizer Presse voll

von Hasstiraden gegen sie, und alle schrieben vom großen Skandal und dem Untergang des Idols.

Ich musste bei meinem Auftritt 24 Stunden später sehr oft an diese große Sängerin denken. Da hab ich schon geschluckt.

Nochmal Themawechsel: Im Auditorium mit Mikrofon zu stehen, ist immer spannend. Da fragte ich in Dresden einen jungen Mann, was er denn so beruflich macht, und er sagte: »Baguette-Fora«!

Kurzes Nachdenken. Aha, dachte ich, ein toller Service, Bürgern an der Elbe mit diesen langgestreckten, knusprigen Weißbroten zu versorgen. Allerdings stellte sich schnell heraus, dass es ein »Paket-Fahrer« war. Die Leute haben sich sehr amüsiert über mein verdutztes Gesicht.

Ich liebe sächsisch. Einer meiner Lieblingssätze: »Nü hats aber mäschtisch gebömst!« Wenn Sie Lust haben, Sächsisch zu lernen, kleiner Tipp: Sächsisch musste roooosloooofen lassen!

Ich bin regelrecht sächsüschtisch.

Ortswechsel: Als ich einen Taxifahrer am Züricher Flughafen fragte, wie weit es denn in die Innenstadt sei, antwortet dieser unfreiwillig komisch mit: »Circa 50 Franken«.

So sind sie die Schweizer.

Berlin, Frühling 2011: Ich jogge morgens um acht Uhr im Park. Laufe an einem LKW-Fahrer vorbei, der gerade sein Führerhaus verlässt: Ich grüße ihn freundlich, er sieht mich an und meint flappsig: »Wat läuftste denn!? Bist ja schon dünn!«

Überhaupt ist Berliner Humor einmalig, weil trocken und spontan. Einer meiner Lieblingszitate kommt von einem Taxler, der mir beim Beladen meiner zahlreichen Koffer behilflich war. Dabei berührt er ein hinter ihm stehendes Gepäckstück leicht mit seiner Kniekehle, dreht sich um und meint: »Hoppla, hät ick mir beinah' umjebracht!«

Ich könnte hier ewig weiterschreiben und von Dingen unterwegs erzählen, die vielleicht originell, aber gerade für mich nicht lustig waren.

In Bad Aibling bin ich mit starken Rückenschmerzen bei einem Sound of Islands-Konzert auf die Bühne und fragte kurz vor der Pause, ob denn jemand aus dem medizinischen Bereich mir helfen könne. Eine Frau meldete sich und versprach mir in der Garderobe, dass ich quasi gleich schmerzfrei sein würde. Das Gegenteil ist eingetreten, nach ihren chiropraktischen Verrenkungen ging ich wie Quasimodo mit noch mehr Schmerzen wieder an die Arbeit – gut gemeinte Hilfe geht eben auch mal völlig daneben.

Eins noch: In Bremen bin ich von der Bühne des »Modernes« gefallen, ca. 1,50 Meter tief. Gleich zu Beginn der Show gehe ich hochmotiviert mit dem Mikro an den Bühnenrand, übersehe im Schummerlicht eine unscheinbare Erhebung, verliere das Gleichgewicht – und schwupp. Die Humorschwelle.

Es war halt fettes Glück im Unglück, da ich mit dem Kopf an die Armauflage der Stuhlreihen fiel und der dort sitzende Zuschauer mich geistesgegenwärtig zusätzlich abfing. Mein Techniker dachte zuerst an eine witzige Idee, die Show einmal mit einem Stunt zu beginnen. Nach ein paar Schreckminuten in der Garderobe und einer größeren Beule konnte ich den Abend dank des reaktionsstarken Gastes und meinem Schutzengel spielen und ja – vergessen werd ich das auch niemals.

Günstigerweise konnte und kann ich dadurch weiterhin meinem Beruf nachgehen.

Und wenn sich mein Beruf dann manchmal umdreht, denkt er sich ab und zu: »Ja hey, da geht mir doch wer nach …«

Zum Abspann

Falls sie auf Ihren Wegen mit diesem Buch einen Reisezahnstocher brauchen sollten:

griechisch: .... odontoglifida
türkisch: .... kürdan
portugiesisch: .... palitos
tschechisch: .... paratki
französisch:............. curedent
polnisch:.................. wykalaczki
spanisch:.................. mondaientes
italienisch: .... stutzicadenti
englisch: .... toothpick
schwedisch: .... tandpetaren
dänisch: .... tondstitter
österreichisch: .... fotzensteckerl